O Amor é a Magia Mais Forte

Bianca Briones

O Amor é a Magia Mais Forte

Outro Planeta

Copyright © Bianca Briones, 2024
Copyright © Editora Planeta do Brasil, 2024

Preparação: Wélida Muniz
Revisão: Bruna Brezolini e Camila Gonçalves
Projeto gráfico e diagramação: Márcia Matos
Capa e ilustração: Marina Banker

Dados Internacionais de Catalogação na Publicação (CIP)
Angélica Ilacqua CRB-8/7057

Briones, Bianca
   O amor é a magia mais forte / Bianca Briones. - São Paulo: Planeta do Brasil, 2024.
   224 p. : il.

ISBN 978-85-422-2794-9

1. Ficção brasileira 2. Literatura fantástica I. Título

24-3292   CDD B869.3

Índice para catálogo sistemático:
1. Ficção brasileira

Ao escolher este livro, você está apoiando o manejo responsável das florestas do mundo

2024
Todos os direitos desta edição reservados à
EDITORA PLANETA DO BRASIL LTDA.
Rua Bela Cintra, 986 — 4º andar — Consolação
01415-002 — São Paulo-SP
www.planetadelivros.com.br
faleconosco@editoraplaneta.com.br

Ao meu amor,
Quis o destino que você encontrasse meu livro
no momento mais desafiador da sua vida
e minhas palavras encontrassem seu coração machucado.
Talvez o destino soubesse que somente
um leitor tocado por minhas palavras
fosse capaz de mostrar ao meu coração cansado,
que ele merecia e seria amado.

PRÓLOGO

No início, a magia se escondia entre a natureza. Longe de ter a sensibilidade dos criadores, a humanidade demorou a percebê-la e, quando a viu, considerou que seus portadores eram deuses. Eles não eram, mas adoraram o título e passaram a ser cultuados pelos humanos.

A primeira a escolher viver entre os humanos foi Eris, considerada deusa e rainha das fadas; seus irmãos e irmãs vieram em seguida. Cada um tomou um rumo diferente pelo vasto mundo azul e verde que outrora enxergavam de sua casa entre as estrelas.

Com seus criadores na Terra, a magia se multiplicava rapidamente e era cada vez mais sentida. Como um ser vivo cheio de personalidade, ela própria escolhia os humanos que habitaria, transformando sua vida e a de seus descendentes.

Ao se dar conta do que acontecia em Malyria – continente que Eris escolheu para viver –, a deusa decidiu abrandar a magia antes que não restasse um só humano modificado. Temperamental como era, a magia continuou habitando na natureza, ainda que mais contida. Restava a Eris encontrar bons aliados para que pudessem se opor aos homens sedentos por mais e mais poder.

Foi assim que nasceram as Ordens dos Feiticeiros. Eris montou um vasto grupo em cada reino do continente. Em Encantare, o reino onde Eris mantinha morada, formou-se a Ordem de Merlin. Desde o nascimento de Merlin e

Merlina – os gêmeos encantados –, todos os escolhidos pela magia para serem feiticeiros nasciam com o dom da imortalidade. Não era à toa que Eris os tinha como preferidos.

A relação entre os humanos sem magia e os feiticeiros tinha seus momentos de intenso estremecimento. Os humanos se ressentiam por não terem sido escolhidos pela magia e, aos poucos, aprenderam a se conectar e manipular essas partículas espalhadas, usando elementos da natureza como ingredientes e guias pelo caminho, tornando-se bruxos. Outros povos mágicos surgiram ao longo dos anos, assim como brigas e batalhas pelo poder.

Apesar de ser um dos seres mais poderosos que habitou esse mundo, Eris tinha um apreço pela fragilidade dos humanos e sua capacidade de continuar resiliente perante qualquer dificuldade. Ela queria *viver* entre eles, e não tomar seu reino. Ela os queria como aliados, afinal, a magia era volátil e começava a arranhar as barreiras entre mundos e realidades paralelas.

Havia um grande complicador no plano de Eris: ela queria um coração puro para governar; isso era algo quase impossível. Quanto melhor o coração de um humano, menos ele teria a chance de viver em meio à política real.

Quando estava quase se dando por vencida, os irmãos Pendragon cruzaram seu caminho e a forte aliança que protegeria o reino e a magia teve início.

Capítulo 1
Aproximadamente mil anos depois...

A GAROTA SALTOU SOBRE OS TELHADOS COR DE ANIL DO CASTELO. Os cabelos escuros como ébano balançaram ao vento, que trazia consigo o cheiro da chuva que se aproximava. O coração batia forte quando ela aumentou a velocidade, destemida, correndo pela borda do telhado, equilibrando-se com destreza sobre as telhas. Adrenalina disparou pelo seu corpo. Ela se movia com a suavidade de um gato, saltando por cima de pequenas chaminés e arcos, desafiando as alturas.

A vista lá de cima era incrível, com a cidade se espalhando abaixo e as torres do castelo se erguendo ao redor, mas não era hora de parar e admirar a paisagem. Ela tinha coisas mais importantes a fazer.

— Branca de Neve Pendragon, já chega de desafiar a gravidade. — A voz de Kaelenar soou. Ao olhar para baixo, viu o capitão da guarda com as mãos em volta da boca, amplificando o som.

A resposta de Branca de Neve foi apenas sorrir e acenar, como uma dama educada, antes de dar mais alguns passos e deslizar pelo telhado para pular na torre do segundo andar.

— Último aviso, princesa — o capitão disse, enquanto os guardas ao seu redor sequer disfarçavam que apostavam por quanto tempo mais a princesa continuaria.

Naquele milésimo de segundo de distração, a garota deu um passo em falso e se desequilibrou. Sentiu o coração disparar. Antes que pudesse esboçar qualquer reação, Branca sentiu que despencaria em queda livre.

No último segundo, conseguiu se sustentar precariamente em uma das madeiras grossas que seguravam as flâmulas do castelo. O ar frio lhe fustigou o rosto enquanto o vento soprava suas roupas. Quando já estava prestes a soltar a viga e se espatifar no chão, sentiu um ar quente a envolvendo e a levando gentilmente para cima de uma carroça cheia de feno.

Ouviu um baque e, ao virar a cabeça, viu uma das criadas desmaiar e ser amparada por um guarda. Tossindo, Branca de Neve se sentou e tirou feno da boca.

— Eu teria conseguido, Kae! — a princesa reclamou, saltando da carroça.

— Se por conseguir você quis dizer morrer, então teria. — O feiticeiro do ar sorriu e estendeu-lhe a mão para que pudesse descer da carroça.

A princesa colocou as mãos nos quadris e estalou as costas. Suas bochechas estavam coradas e os olhos brilhavam. Os guardas do castelo a observavam, e a maior parte deles sorria, menos um que quase lhe acertara com uma flecha na primeira vez que ela decidiu escalar os telhados, aos dez anos. Ela entendia o homem. O avô o teria executado se Kaelenar não estivesse atento para desviar a flecha no ar.

— Por que não age como todas as princesas indefesas das histórias que passei anos contando para você dormir? — Kaelenar passou a mão pelos dreads curtos.

— Eu gostava mais das suas histórias sobre guerreiras — ela rebateu, ao retirar uma palha de feno do cabelo.

O capitão sorriu para a pupila. Nunca saberia se a decisão de afastar Branca de Neve do reino de Encantare durante quatro anos tinha sido acertada. Com a morte da mãe da princesa, a doença do pai e uma maldição sobre a cabeça da menina, levá-la para longe tinha lhe parecido o ideal.

Havia séculos que a Ordem de Merlin tinha um departamento para criar e proteger princesas que não deveriam crescer sabendo que eram princesas. A ignorância as mantinha em segurança. Era padrão para princesas e príncipes amaldiçoados e funcionava bem, na maioria das vezes.

Antes da morte da mãe de Branca de Neve, sete feiticeiros protegiam o reino em tempo integral. Eram conhecidos como os Sete Guardiões de Encantare. Agora, restavam apenas quatro, incluindo Kaelenar. Treinado para a guerra, ele era o protetor do castelo. Como tal, não deveria deixar o reino, mas foi o único em quem o príncipe Adrian confiara depois da tragédia que envolvera a morte da princesa Sarah. O capitão tinha uma forte opinião sobre aquele dia fatídico, mas sabia que se a expusesse, Adrian afastaria qualquer feiticeiro da princesa e, assim como os outros seis, ele tinha um dever a cumprir.

Entre os Sete Guardiões havia feiticeiros que descendiam diretamente de Merlin, e eles eram os responsáveis por proteger pessoalmente o rei e seus herdeiros. O dever do escolhido era colocar o protegido acima de qualquer outro. Um Pendragon deveria governar Encantare, e todos os membros da Ordem de Merlin faziam de tudo para que isso se mantivesse.

Por ser um reino onde a magia se expandia, Encantare era um lugar de muito poder e, por consequência, cobiçado. A magia se espalhava pelas águas dos rios, flutuava entre os ventos e se infiltrava pelas raízes das árvores.

Quando decidiu cair do universo que os deuses tinham como morada, Eris não se apresentou como divindade, mas como uma jovem senhora muito humilde. Ela caminhava entre os povos e os observava, enquanto eles sequer imaginavam que aquela mulher maltrapilha era capaz de transformar o mundo inteiro com apenas um suspiro.

Feiticeiros e bruxos eram conectados à magia de formas diferentes. Como seres imortais escolhidos pela magia, o poder dos feiticeiros fluía de modo natural e estava intrinsecamente conectado a cada força da natureza. Os bruxos não nasciam com magia tampouco eram imortais, salvo raríssimas exceções. Para eles, a conexão com a magia era arriscada, mas humanos tinham facilidade em cruzar fronteiras desconhecidas em nome de mais poder.

Quando os primeiros deuses caíram e fizeram do mundo sua morada, a magia se espalhou, rasgando terra e mar. Parte dessa energia acumulada se enraizou à natureza e floresceu, transformando-se em seres mágicos. A outra parte se espalhou em frações infinitas. Um bruxo era um humano que aprendia a se conectar e manipular essas partículas espalhadas, usando elementos da natureza como ingredientes e guias pelo caminho. A essa magia foi dada o nome de *luminus*. Porém, como tudo na vastidão dos universos era formado por luz e sombras, ao cair para o mundo humano, os deuses também trouxeram suas sombras, cujo poder era chamado de *tenebris*.

Com o tempo, humanos sem magia descobriram um meio de se conectar à *tenebris* e praticar a arte com essa energia. A partir daí que bruxos e feiticeiros deixaram de conviver em harmonia.

Os chamados bruxos *tenebris* não mediam esforços para captar mais e mais poder, não importava a fonte. Eles se infiltravam em covens de bruxos *luminus* e tentavam corrompê-los.

— Em que século estão seus pensamentos? — Branca de Neve perguntou, observando Kaelenar com seriedade. Ele era o contador de histórias preferido da princesa, mas essa ele guardaria para si.

— Eu estava pensando que não posso reclamar das suas peripécias, já que fui eu que a ensinei a escalar. — Ele sorriu.

— Eis uma verdade, Kae. Se pensarmos bem, você me ensinou a fazer praticamente todas as coisas que meu pai e meu avô reclamam que eu faço.

— É melhor mantermos isso entre nós. — Kaelenar apertou o nariz de Branca de Neve como se ela ainda fosse uma menininha, e os dois riram, entrando no salão do castelo.

Do alto da janela do terceiro andar, Adrian balançava a cabeça para mais uma das aventuras da filha, agradecendo a deusa por vê-la feliz, ainda que fosse em uma situação de perigo supervisionada. Para dar à menina a sensação de liberdade, permitia que ela fizesse absolutamente tudo, desde que estivesse acompanhada por alguém que soubesse o que fazer se a bruxa que matou sua mãe retornasse.

Era como se Adrian também tivesse morrido naquela noite. Jamais se esqueceria da imagem de Sarah com o peito aberto e o coração arrancado. Por quase quatro anos, era como se a mente do príncipe tivesse se perdido. Pelo reino, corria o boato de que ele enlouquecera. Ninguém sabia dizer ao certo o que mudara quando, certa manhã, o príncipe acordou, banhou-se, colocou sua melhor roupa e avisou que buscaria Branca de Neve onde quer que ela estivesse. Ele havia reunido forças para sobreviver por sua filha; parte sua, parte de Sarah. Ela era a cópia da mãe, incluindo a pele extremamente clara. Do pai, havia herdado apenas os bastos cabelos pretos.

Sabendo que Branca de Neve estava segura no castelo, ele se afastou da janela, vestiu a capa escura e lisa, com um único dragão coroado bordado em prata na altura do coração, e se preparou. Era hora de enfrentar o passado.

Capítulo 2

MAYA SENTIA A PELE ARDER E O SANGUE PARECIA PEGAR FOGO EM suas veias. Sem dúvida, o veneno já se espalhava. Mas ela precisava correr mais rápido ainda, senão seria capturada. Sem forças para se desviar dos galhos espinhosos, sentiu um corte na bochecha. Juntou o pouco de energia que ainda lhe restava para erguer a mão e direcionar um feixe de luz lilás e prateada para a frente, tentando abrir parte do caminho adiante.

A floresta densa dificultava a passagem, e ela se cansava mais a cada segundo. Não sobreviveria por muito mais tempo. O suor escorria por sua testa e fazia seus olhos arderem. Precisava continuar. Seu único alento vinha do enorme lobo branco que corria a seu lado, pronto para defendê-la caso fossem alcançados.

O som da voz grave de seus perseguidores aumentou a velocidade de seu coração. Ela tentou mover mais galhos com magia e eles apenas estremeceram.

— Só mais um pouco — murmurou, erguendo a mão e afastando os galhos com os fios de energia que a percorriam.

Mal acreditou quando chegou a uma clareira e usou o pouco de magia que conseguiu reunir para fechar parte do caminho às suas costas. Caiu de joelhos e apoiou as mãos na terra, arrastando-se para trás de uma rocha enorme. O lobo inspirou o ar gélido e a olhou, preocupado, tentando puxá-la para longe pelo seu manto rasgado e manchado de lama e sangue.

— Você precisa ir. — Maya acariciou seus pelos devagar, falando baixinho enquanto o animal balançava a cabeça em negação. — Eles o matarão para me levar. Fuja e avise Merlina, ela saberá o que fazer.

Com a insistente negativa do lobo, a feiticeira apoiou sua testa na dele e proferiu palavras na língua antiga dos feiticeiros. O lobo ergueu os olhos tristes, ganindo, e, em seguida, se embrenhou na mata.

Sozinha, Maya fez uma prece a Eris e tentou, inutilmente, formar um escudo de energia. Não havia nada que a magia pudesse fazer sem que lhe drenasse a vida. Todo o poder que lhe restava tentava combater o veneno que entrou em seu corpo por meio da flecha que a atingira no ombro.

O corpo cedeu ao cansaço e Maya se escorou na rocha. O frio começou a afetá-la, e ela caiu de costas no chão, respirando devagar. O ferimento ardia. Não conseguiria se curar. O arqueiro conhecia bem o veneno que usara.

A consciência tentava, em vão, manter-se alerta. Antes de tudo escurecer, viu um rosto de que jamais se esqueceria. Por um segundo, o reconhecimento, a compaixão e algo indescritível brilhou nos olhos dele ao vê-la tão vulnerável. O coração do homem ameaçou se descompassar por ela, mas era tarde demais. Ela não lhe tiraria mais nada, nem mesmo um único batimento.

A luz da manhã banhava o rosto de Maya quando ela abriu os olhos, piscando sucessivamente para se localizar. O corpo estava muito dolorido. Ela tentou se levantar rápido demais e tropeçou na longa camisola branca que vestia, o que fez o ferimento repuxar.

Viu o curativo no ombro e procurou a ponta com a unha, para arrancá-lo. A dor a fez cerrar os dentes. A ferida estava limpa e costurada, talvez obra dos feiticeiros híbridos, filhos de feiticeiros com humanos, que trabalhavam como curandeiros no castelo.

O coração parou quando mais um detalhe chamou sua atenção: em seus pulsos estava algo que não lhe pertencia. Ergueu os dois e viu ambos envoltos pelos Braceletes de Aran. Seu coração quase parou. Aqueles belíssimos braceletes prateados eram uma maldição criada pelo bruxo Aran. Ao usá-los, um feiticeiro era incapaz de manifestar magia. Era um objeto nascido do ressentimento que alguns bruxos tinham por não serem mágicos como os feiticeiros. Enquanto os primeiros dependiam de objetos encantados, feitiços e poções, os últimos a manifestavam de forma natural desde bebês e ainda usufruíam do dom da imortalidade.

Apesar de Aran ter morrido havia mais de quinhentos anos, uma porção de seus braceletes estavam por aí, e eram muito temidos pelos feiticeiros. Não faltavam pessoas interessadas em aprisioná-los, fosse para bloqueá-los, fosse para escravizá-los.

Ela deslizou o dedo pelas runas gravadas no metal prateado. Aquela era a maior afronta que os humanos poderiam fazer com seres mágicos: aprisioná-los e impedi-los de usar magia livremente. Era pior do que a morte.

Uma voz vinda da porta fez Maya se sobressaltar.

— Pelo menos ele não usou os braceletes dourados. — Apontou a pessoa de longos cabelos azuis. — Ser obrigada a viver em uma lâmpada e atender pedidos é um castigo que não desejo nem a você.

Maya fez careta. O pensamento lhe embrulhava o estômago.

— Por que estou aqui, Nox? — A feiticeira encarou quem falava com ela, sem tempo para entrar na discussão que sabia que a cria da tia gostaria de ter. Ela estava exausta.

— Você já foi mais educada, Maya. Nem um "senti saudade, primo"?

— Você acreditaria se eu dissesse que senti sua falta? — Ela cedeu, lançando um olhar triste para os braceletes que o teriam comovido em outro tempo.

— Não.

— Então me diga por que estou aqui.

— Você tem uma audiência com o rei daqui a duas horas.

Era evidente que Maya não seria capturada e aniquilada sem ter antes uma audiência com o rei. Ao menos isso Mirthan lhe devia depois de fazê-la viver foragida em sua própria terra por quase dezoito anos.

— Sabe o que ele quer comigo?

— Imagino que queira matá-la. Você é uma assassina procurada. — Percebendo que ela não responderia, Nox continuou: — Eu ouvi Kaelenar e o príncipe dizendo que tem roupas para você aí. — Apontou para o guarda-roupa.

— O príncipe estava irritado. Você ainda tem um efeito avassalador por onde passa, não é mesmo? É de família. Falando nisso, minha mãe deve aparecer em breve.

— Por que deixaram que você me visse? — Maya imaginou que todos os feiticeiros estivessem proibidos de vê-la ou de ter contato com ela. Nox abriu um largo sorriso e ela intuiu a resposta e quase sorriu. — Não deixaram.

— Por sorte, eu já estava aqui. Mas você me conhece o suficiente para saber que não ligo para o que a realeza quer ou deixa de querer. — Nox cruzou os braços, desafiando-a a questionar a declaração.

Maya não faria isso. De todos os merlinianos, Nox era quem tinha mais dificuldade para aceitar a aliança entre eles e os Pendragon. Dizia que uma aliança deveria favorecer ambas as partes, e a realeza era a única favorecida com os feiticeiros protegendo o reino.

Até seu exílio, Maya discordava daquilo, mas, depois de tudo o que passou para proteger os humanos, e da forma como foi tratada, era difícil não ter certa simpatia pelo posicionamento de Nox.

— Então, o que você está fazendo aqui? — Maya não escondeu a curiosidade.

— Proteção extra para a princesinha — murmurou com desdém. — Cheguei há dois dias. Graças a Eris, não tive que lidar pessoalmente com ela ainda.

A menção a Branca de Neve apertou o coração de Maya.

— Como ela está?

— Viva e me obrigando a fazer o que prometi a mim mesmo que nunca faria: um juramento. É claro que essa parte também é culpa sua. — Nox deu de ombros. — É o máximo de informação que vai tirar de mim.

Escoltada por guardas, Maya caminhou com o queixo erguido pelos corredores e parou em frente à enorme porta dourada. O rosto mantinha os arranhões que conseguira na floresta, mas ela estava limpa e bem-vestida. Os cabelos acinzentados foram penteados em uma trança e o vestido verde simples lhe caía bem. Mesmo sem poder manipular magia, ela estava dentro de si e podia sentir seus elementos à sua volta.

As portas pesadas foram abertas, e ela entrou, serena. Seu semblante não expressava sentimento algum.

A sala do trono era espaçosa com um teto alto e abobadado, cuja pintura expunha várias épocas importantes para o reino. As grandes janelas permitiam a entrada de luz natural, e Maya fechou os olhos por um instante, triste por não sentir o calor do sol fazendo sua magia vibrar. O piso de mármore branco estava coberto por tapeçarias finas, e as paredes exibiam cortinas luxuosas e pinturas majestosas da realeza.

Maya caminhou devagar, sem desviar os olhos do rei. Ele continuava bonito, apesar da passagem do tempo estar refletida no cabelo grisalho e nas rugas em seu rosto.

O trono estava centralizado na parede à frente, elevado em um estrado de madeira polida para destacar ainda mais a importância régia. Os tronos do rei e da rainha eram feitos de madeira branca decorada com entalhes e ornamentos preciosos. Havia décadas que o da rainha não era ocupado.

Quando se aproximou do trono e cruzou o olhar com o rei, observou os guardas fazerem uma reverência. Ela não se moveu. O rei Mirthan ergueu uma sobrancelha e mandou que os guardas deixassem o salão real. Pouco havia mudado no local desde a última vez que ali estivera.

— Como está se sentindo? — As palavras do rei a surpreenderam. — Soube que foi ferida enquanto vinha para cá.

— Minha perspectiva é um pouco diferente da sua, majestade. Eu não vim para cá. Fui caçada, capturada e trazida contra a minha vontade.

— Quanto a isso — ele balançou uma mão —, houve um mal-entendido.

As palavras a confundiram. Ele parecia dizer a verdade.

— A flecha, cujo veneno ainda fere meu corpo, conta outra história.

Entre o rei Mirthan Pendragon e a feiticeira, nunca houve cerimônia.

— É incrível como você não mudou nada. Ainda me surpreendo. — Ele sorriu, sincero. — Eu nasci, cresci, me tornei rei e envelheci, e você permanece jovem. Não é à toa que há pessoas que fazem tanto pela imortalidade.

— É por isso que estou aqui? Está interessado na imortalidade?

— Não. Ainda me lembro das suas lições sobre as consequências de um humano acessar esse tipo de poder. Não quero me tornar um ser da noite nem ser amaldiçoado, minha amiga.

— Se me permite, majestade — ela não tentou esconder o rancor em suas palavras —, amigos não sentenciam outros amigos ao exílio nem os capturam quase dezoito anos depois sem a menor tentativa de reconciliação.

O rei saltou do trono com tamanha vitalidade que fez Maya erguer uma sobrancelha. Aos sessenta e quatro anos, ele ainda parecia o mesmo homem inabalável que ela vira nascer.

— Quanto a isso, eu lhe disse que foi um mal-entendido.

— E eu falei que esse ferimento a flecha no meu ombro dizia o contrário. — Ela puxou a gola do vestido para que Mirthan pudesse ver que, apesar de costurado, o corte se negava a cicatrizar e espalhava uma cor esverdeada pelas artérias que se conectavam a ele. — Seus guardas me escoltando por escadas e corredores secundários do castelo dizem o contrário. Esses braceletes que me impedem de me curar dizem o contrário. Você terá que usar mais do que seu charme para se explicar, velho amigo. — A mágoa de Maya era tamanha que ela virou as costas ao rei e caminhou até a janela, fazendo com que sua trança balançasse. Os cabelos começavam a se rebelar, querendo a liberdade. — Eu teria vindo se você tivesse pedido. Não deixei de ser leal. Foram vocês que me abandonaram e me exilaram.

— Eu não a exilei, Maya. Não de fato.

— Sim, me exilou. O fato de eu ter ignorado e permanecido boa parte do meu tempo no reino não muda isso. Jurei a meu pai que protegeria Encantare, e é o que tenho feito, mesmo das sombras.

— Eu sei. — As palavras do rei quase a fizeram se voltar para ele, mas manteve a postura. — Sou o rei. É meu dever saber o que acontece em minhas terras. Entenda, mesmo ciente de que você permaneceu depois de eu ter decretado o seu exílio, nunca ordenei que a caçassem e a trouxessem para mim. Nunca. Ninguém além de Adrian e dos Guardiões sabem a razão do seu exílio. Diferente do que pensa, eu a protegi.

— E, ainda assim, fui caçada e trazida para você.

Mirthan manteve uma distância de dez passos. Maya estava certa, e ele teria que ser paciente. Ele sabia que o que mais a machucava eram os braceletes. Uma ordem que ele jamais dera e que não poderia desfazer enquanto quem a aprisionou não chegasse ao salão. Somente quem fechava o bracelete era capaz de abri-lo.

— Queria que Merlina tivesse conseguido avisá-la sobre o que foi decidido antes que ele a encontrasse. — Seu tom era pesaroso. Como recuperaria a confiança de Maya agora?

A frase fez com que a feiticeira se virasse bruscamente.

— Me avisar sobre o quê?

— Sobre a nossa aliança.

CAPÍTULO 3

O BARULHO DOS GUARDAS EM TREINAMENTO ERA PERFEITAMENTE sincronizado. Em um mundo em que a magia podia ser usada como arma, esses homens e mulheres eram imprescindíveis.

— Muito bem. Estão dispensados. Daqui a três horas, quero reagrupamento para novas ordens para aqueles que estão de serviço hoje. Eu os atualizarei quanto ao novo plano de segurança. — O capitão da guarda real anunciou, virando-se para a princesa e piscando discretamente.

— Kae, já falei para não fazer isso quando eu estiver treinando — pediu Branca de Neve, limpando o suor da testa com o dorso da mão. — Não quero que pensem que tenho privilégios. — E, baixando a voz, perguntou: — Que novo plano de segurança é esse?

Kaelenar sorriu para a princesa antes de passar um braço por suas costas e acompanhá-la até o castelo.

— Branca de Neve Pendragon, você é neta do rei e filha do comandante do exército real. Você é da realeza e deve agir como tal. Onde já se viu se misturar a meros soldados? — disse ele, imitando a voz afetada de uma das damas da corte. — Não posso revelar a você o novo plano de segurança, porque isso seria justamente um privilégio.

A princesa o olhou de soslaio. Se insistisse em saber, cairia na armadilha, então ignorou essa parte do assunto. Tinha outros meios de descobrir.

— Não me chame assim. Quando vovô me chama pelo nome completo, sei que estou encrencada.

— Você está vermelha como um tomate, criança. — Dandara se encaminhou devagar para mais perto dos dois, com as mãos cruzadas às costas, examinando a princesa. A feiticeira provavelmente era a única pessoa no mundo inteiro que poderia chamar Branca de Neve dessa forma sem receber um olhar atravessado. — Sinal de que o treino foi intenso.

— O treino é sempre intenso — Branca de Neve e Kaelenar disseram juntos.

Dandara esboçou um discreto sorriso. Ela era a líder do grupo dos Sete Guardiões de Encantare, os melhores feiticeiros da Ordem de Merlin. Perspicaz e inteligente, ela fora capaz de retomar o controle de tudo depois que a princesa Sarah foi assassinada, e Maya, exilada. Fora necessária muita diplomacia para convencer o príncipe Adrian de que dispensar todos os feiticeiros seria um risco ao reino e aos Pendragon.

O rei havia solicitado à líder dos Sete que partisse do reino e criasse Branca de Neve longe dali sem que ninguém soubesse quem ela era de verdade. Entretanto, Dandara nunca foi do tipo maternal e não queria causar mais danos à bebê do que o destino já causara, e fez com que Kaelenar fosse designado para acompanhá-las.

A situação não terminou como pensaram: que retornariam com Branca de Neve adulta, depois que o tempo da maldição passasse. Já que a dor do luto que adoeceu Adrian física e emocionalmente não foi mais forte do que o amor pela filha, então eles retornaram muito antes do previsto.

Aos feiticeiros não restava alternativa a não ser treinar a menina para se defender. Se ela fosse indefesa como algumas das princesas que conheceram ao longo dos séculos, seu fim trágico seria certo.

Com o tempo, contaram a ela sobre o risco que corria, sem revelar todos os segredos da maldição. Não podiam contar com um príncipe encantado para quebrar a magia, não quando alguns deles não queriam nada além de poder. Branca de Neve precisava ser capaz de se proteger. Enquanto isso, o resto dos Sete precisava descobrir como quebrar a maldição da bruxa.

Estreitando os olhos amendoados, Dandara fitou Branca de Neve e depois se voltou para Kaelenar, fazendo uma pergunta muda com os olhos. O feiticeiro apenas devolveu o olhar, sem proferir uma única palavra. Dandara mexeu na ponta cor-de-rosa de uma de suas tranças. Ela não precisava perguntar em voz alta para saber que o irmão não contara à Branca de Neve que Maya estava no castelo. Ela se preocupava tanto que se esquecia de que ele era capaz de cumprir com suas funções.

Kaelenar analisou a irmã, enquanto Branca de Neve tentava decifrar a comunicação muda entre os dois, como fazia desde que se entendia por gente.

O olhar da princesa se fixou em um de seus detalhes favoritos em Dandara, sua tatuagem magenta aquarelada. Ela mudava de forma, cor e lugar, como se a magia quisesse contar uma história. Agora estava em volta do olho direito, dando a feiticeira uma aparência ainda mais marcante e única. Parecia que a tinta colorida contornando seu olho refletia suas habilidades mágicas, como se ela pudesse conjurar feitiços com apenas um olhar.

Dandara se mantinha ereta, com as mãos para trás, como uma verdadeira capitã pronta para planejar uma batalha.

— Ótimo. — Ela cortou o silêncio, depois piscou amigavelmente para a princesa e lançou um olhar enviesado para o irmão.

Branca de Neve mordeu o interior do lábio, esperando. Conhecia muito bem os irmãos para saber que a longa conversa silenciosa que tiveram a envolvia. Ela não estranhou quando Kaelenar tocou seu antebraço e disse:

— Precisamos conversar.

Branca de Neve se afundou na banheira, deixando as criadas em pânico como sempre. A princesa emergiria longos minutos depois. Um tempo que parecia se estender mais a cada dia.

Quando acomodou a nuca na borda da banheira e inspirou o perfume das pétalas de rosas espalhadas pela água, os pensamentos rumaram para sua preocupação atual. O pai estava atento demais no jantar da noite passada, como se alguém pudesse invadir o salão a qualquer instante. Quando ela perguntou o que o preocupava, ele desconversou. Fazia sentido agora que Kaelenar lhe disse a razão.

Maya está no castelo, a frase queimava em seus pensamentos.

Assimilando as palavras, Branca de Neve afundou outra vez na água morna. Eles haviam capturado a bruxa que assassinara sua mãe.

CAPÍTULO 4

— DO QUE VOCÊ ESTÁ FALANDO? — Maya questionou o rei, e deu um passo para trás ao sentir um arrepio.

Humanos e feiticeiros faziam alianças o tempo todo, especialmente os Pendragon e os feiticeiros da Ordem de Merlin. Uma vez estabelecida, a união era sagrada entre eles, e deveria ser cumprida sob pena de consequências mágicas nada razoáveis.

O rei Mirthan caminhou até ficarem frente a frente.

— O que você sabe sobre a aliança que nos liga?

— Sei o mesmo que você.

— Você acredita que Merlin esteja cumprindo sua parte?

A menção ao nome do pai lhe vinha com um aperto no coração e, dessa vez, não conseguiu esconder as emoções. Merlin abrira mão de tudo o que conhecia para atravessar o portal para o lado sem magia com poucos feiticeiros e Uther Pendragon, o irmão mais velho de Mirthan. Tudo para seguir à risca a profecia que dizia que um Pendragon seria o único a garantir a segurança do portal e da magia.

Ciente de que o pai não era o mais escrupuloso dos homens quando se tratava de cumprir as próprias promessas, e que ele sabia usar as palavras como ninguém, ela admitiu:

— O que sei é que ele partiu para fazer justamente isso. O portal segue protegido, e não fomos todos sugados para um lugar que nos destruiria, caso ele caísse. Além disso, ele deixou a Ordem de feiticeiros inteira, incluindo a mim, protegendo o reino. O que mais vocês querem?

— Da minha parte, quero que a aliança continue como está. Ela protege não apenas o reino, mas todo o continente.

— Não se preocupe. Meu pai está sacrificando muito para que a paz seja mantida. Assim como todos nós estamos. — Ela estava ressentida e confusa.

— Eu não tenho dúvida de que vocês sacrificaram muito e, acredite, essa nunca foi minha intenção. Eu era o segundo na linha de sucessão. Tudo mudou quando meu irmão e Merlin atravessaram o portal, o que colocou nós dois em primeiro plano.

Maya apertou os lábios. Além da saudade que sentia do pai, sua vida permanecera a mesma.

— O que quer dizer? — perguntou em voz baixa.

— Seu pai era o único que poderia desfazer o juramento que mantém a aliança entre merlinianos e os Pendragon. — Mirthan estava pesaroso.

— Entendo. Agora eu carrego esse poder, por isso me capturaram e me matarão... — A frase se perdia entre dúvida e afirmação.

— Por Eris, como chegou a essa conclusão? — Mirthan estava espantado. — É claro que não a mataremos. Você e eu temos o juramento de proteção, e eu jamais a feriria.

— Você me dispensou do juramento. — A frase não foi mais do que um murmúrio. — E me feriu com o exílio.

— E você continuou me protegendo, apesar disso, e ao reino.

— Diferente de você, eu sou leal. Adrian sabe que sou a responsável pela aliança?

— Não, mas saberá em breve.

O salão real pareceu mais frio de repente. Maya caminhou para perto do fogo e sentou-se no tapete felpudo. Ela suspirou, lembrando-se de quando Mirthan era ainda um bebê e ela lhe contava histórias de ninar em frente à lareira.

— Isso me deixa muito fraca. — Maya ergueu os Braceletes de Aran na direção do rei, que foi até ela e ajoelhou-se a seu lado. — Então agora você sabe que eu sou a engrenagem que mantém a aliança funcionando. O que muda? Não pretendo deixar o reino à mercê de ataques.

— Eu acredito em você. Não sei dizer o que muda com o poder passando de Merlin para você. Também fiquei confuso quando sua tia me contou.

— Minha tia contou? — A situação ficou ainda mais estranha.

— Parece que ela encontrou a informação no salão de cristal, em um dos diários do seu pai. E precisou de muita magia para conseguir ler o conteúdo, então levou tempo até que ela encontrasse o feitiço certo.

Maya não ousou falar, a cabeça doía, assim como o ferimento que a fez se retrair quando mudou de posição.

— Perdoe-me. — O rei estendeu a mão e tocou o ombro da feiticeira, afastando seus cabelos que, sem magia, tinham um tom cinzento natural, e viu que uma mancha de sangue vermelho começava a se formar em seu ombro. — Ele a soltará. Ordenei que viesse. Não quis mesmo que você fosse machucada, Maya.

— Não sei por que meu pai passou esse poder para mim. Compreendo que ele não poderia ser o responsável pela aliança ao cruzar para o lado sem magia, mas não sei por que me escolheu. — A feiticeira ignorou a forma carinhosa com que o rei falou. — Desde que ele foi embora, é quase como se eu estivesse sendo *punida* pela magia. Se ao menos Eris estivesse aqui...

Depois da partida de Merlin e Uther, o Reino das Fadas, Broceliande, tinha sido o primeiro a cair. Não foi possível comprovar que existia uma relação direta, mas parecia que cuidar de tantos universos enfraquecera Eris, cuja traição dos humanos colocara um fim em sua existência terrena e eliminara quase todas as fadas, incluindo os filhos da deusa.

— Quantas vidas foram e serão impactadas por um juramento feito há quase mil anos?

Mirthan estava prestes a responder quando uma névoa lilás explodiu no meio do salão.

— É bom que minha sobrinha não esteja ferida, Mirthan — Merlina avisou enquanto a névoa se dissipava. — Meus melhores feiticeiros estão cercando o caste... Maya! — A feiticeira baixou os olhos e viu a sobrinha sentada no tapete. Imediatamente, correu até ela.

— É melhor segurar os feiticeiros por enquanto, tia. — Maya se levantou e se permitiu ser abraçada, retraindo o ombro com o contato.

— O que é isso, Mirthan? — Merlina apontou para o ferimento e arregalou os olhos ao notar os braceletes. — Como vamos manter uma aliança assim? Exílio, depois maus-tratos. Inconcebível! Eu não tenho a complacência que meu irmão tem com vocês. Se ferir um dos meus de novo, acabarei com a aliança, e os Pendragon que lutem para proteger o reino sem seus aliados mais poderosos.

Nascida havia quase dois milênios, Merlina era uma feiticeira sagaz e sem muita paciência. Seu cabelo era de um azul tão profundo que se aproximava do preto, e ela o mantinha na altura do queixo, o que realçava suas feições marcantes. Os olhos eram da cor do âmbar e se incendiavam com uma inteligência afiada e implacável. Sua postura era orgulhosa e ela mantinha uma expressão compenetrada, como se sempre estivesse planejando algo. No momento, o corpo curvilíneo estava rígido, mal contendo a raiva. Quando ela usava magia, os olhos brilhavam ainda mais intensamente, e pequenas faíscas de magia dançavam em torno dela.

— Por favor, Merlina, você me conhece bem demais para saber que eu não autorizei isso. — O rei se levantou, expondo a palma das mãos.

— Espero que puna severamente o responsável, ou eu mesma o farei. — A voz da feiticeira era grave e autoritária, deixando claro que esperava ser atendida. — Nossa aliança é baseada em respeito mútuo.

— Embora concorde que ele esteja errado e até devesse ser punido, você sabe que não posso fazer isso com o meu próprio filho.

Maya não disse nada. Reconhecera Adrian pouco antes de desfalecer na floresta. Reconhecera seu captor e a raiva em seus olhos. Mas se ele pensava que ela desistiria fácil e se entregaria à morte, estava muito enganado.

CAPÍTULO 5

Desde o dia da morte de Sarah, Adrian jurou que a vingaria. Um exílio humano não significava nada para um ser imortal. Os anos se passariam, os humanos morreriam, e Maya regressaria, intacta, pronta para fazer o que quisesse e onde quisesse. Uma bruxa como sua mãe. Uma bruxa em quem confiara, a quem amara.

O príncipe respirou fundo quando parou em frente ao salão real, e fechou os olhos por um instante enquanto os guardas abriam as portas e ele as cruzava.

— O que está acontecendo? — Adrian estreitou os olhos escuros, de um tom tão sombrio quanto uma noite sem estrelas.

— Olha quem nos deu a honra de sua presença: a criança impertinente. — Merlina estava furiosa.

— Não o provoque — o rei avisou, tentando evitar uma explosão. — O assunto é delicado.

— O assunto delicado é o assassinato da minha esposa. Você me garantiu que se eu a encontrasse, teríamos um julgamento. — Adrian encarou Maya com frieza, uma cópia pálida da feiticeira reluzente que ele capturara na floresta.

Ela não desviou o olhar, que estava tão frio quanto o de Adrian, embora o sentimento se misturasse à tristeza. A respiração de ambos estava ofegante, expressando a mágoa contida por tanto tempo. O rei suspirou, ciente de que teria trabalho. Se os deixasse sozinhos, provavelmente acabariam mortos, e ainda levariam o reino junto.

— Se ela for culpada, Adrian. Se... — O pai foi cuidadoso no tom, mas isso não conteve a fúria do filho.

— Como não é ela a culpada? Eu sou testemunha. Deveria tê-la matado quando tive a chance. — Adrian cuspiu as palavras, mesmo ciente de que não tivera força o suficiente para dar um fim à vida da feiticeira nem naquele dia nem quando a capturara na floresta.

— Ou você dá um jeito nele ou eu vou dar — Merlina avisou, resmungando.

Maya preferiu não dizer nada. Não adiantaria. Adrian não cederia e, por mais que não quisesse estar naquela situação, reconhecia que tinha boa parte da culpa.

— Você terá justiça, Adrian. Ainda que ela não seja exatamente o que espera. — Mirthan apontou para quatro cadeiras dispostas em um quadrado e uma pequena mesa com algo coberto em seu centro. — Entretanto, como sei que não ficará satisfeito apenas com a palavra de Maya, não teremos um julgamento tradicional.

Tanto Maya quanto Adrian olharam para o rei, surpresos.

— O que isso significa? — o filho perguntou, desconfiado.

O rei coçou a barba grisalha antes de responder:

— Significa que precisamos esperar pelo *mentallus*.

CAPÍTULO 6

—ÃO ENCONTRO MEU PAI EM LUGAR NENHUM! — Branca de Neve disse ao avistar Kaelenar no pátio do castelo.

— Ele está com o rei, em audiência. — Era tudo o que ele poderia dizer.

No pátio, as coisas pareciam tranquilas. Era como se a pior inimiga do reino não estivesse no castelo. Nada fazia sentido para Branca de Neve. Era de seu conhecimento que tanto seu avô como seu pai não estavam exatamente de acordo sobre Maya, mas nenhum dos dois tocava no assunto, e os feiticeiros eram ainda mais sigilosos. O que tinha mudado?

— Aquela bruxa deve estar lá. Meu pai não me deixaria de fora do julgamento, deixaria? — a princesa ponderou, curvando os ombros. — Sim, deixaria, se pensasse que poderia me fazer mal.

— Ela é uma feiticeira, Branca. — Kaelenar a corrigiu. — Filha de Merlin.

— A mãe dela é uma bruxa! — A princesa não pretendia ceder.

— Sim, é a pior de todas, mas Maya não deve pagar pelos erros da mãe, e você não deve usar a palavra "bruxa" de forma ofensiva. Ainda mais quando muitos vivem no reino e no castelo, trabalhando como curandeiros.

— Você tem razão sobre os outros, mas ela matou minha mãe, Kaelenar. — Branca de Neve tentou se justificar, em voz baixa, porque sabia que essa não era uma informação de conhecimento público.

— Isso é o que o seu pai acredita. Maya é uma feiticeira e faz parte dos Sete

Guardiões de Encantare. Vocês, humanos, são apressados demais no quesito julgamento.

Branca de Neve era um bebê quando a mãe morrera. Na tentativa de protegê-la, o pai e o avô proibiram que qualquer um no castelo tocasse no assunto, e mantiveram a inocência da menina o máximo que puderam.

Enquanto crescia, ela acreditava que ter apenas o pai era o normal, afinal, o dela também não tinha mãe. A presença feminina de maior força que tivera havia sido Dandara, mas a líder dos Sete Guardiões estava mais interessada em protegê-la e treiná-la do que em acolhê-la. Quando a princesa entendera o que uma mãe significava, percebera que Kaelenar era quem mais se encaixava no papel.

Por ter sido criada em meio a tantos adultos, Branca de Neve acabou tendo muita dificuldade em manter amigos da sua idade. Sem ter outra criança para brincar enquanto crescia, todos os dias ela buscava um meio de se aproximar dos adultos. Ela amadureceu rápido e estava sempre atenta a conversas que não deveria ouvir.

O pai a incentivava a fazer amizade com outras crianças que moravam no castelo, e foi em uma dessas tentativas que ela ouviu pela primeira vez que a mãe havia sido assassinada por uma bruxa. Ninguém sabia ao certo a identidade da assassina, mas isso desencadeou uma tristeza enorme no coração da princesa.

Ela não havia aguentado o sentimento e, aos dez anos, saiu escondida do castelo para caçar e matar a bruxa. A menina não se lembrava ao certo do que acontecera naquela noite na floresta, mas sabia que teria morrido se não tivesse sido encontrada.

— Não acredito que seja prudente espionar a audiência — Kaelenar a segurou pelos ombros, como se lesse seus pensamentos, chamando-a de vez à realidade.

— Não. Eu vou esperar — respondeu com uma subserviência raramente vista.

O feiticeiro não precisou de mais perguntas para entender. Sabia que Branca de Neve tentava não causar mais dores do que as que já foram causadas ao pai. O contato entre eles era pautado em superproteção de ambas as partes.

— É tudo culpa dela. — Ela suspirou antes de se afundar no peito de Kaelenar.

Tudo o que a princesa mais desejava era que ver a justiça sendo feita libertasse seu pai da dor e acabasse de vez com a maldição que pairava sobre sua cabeça.

CAPÍTULO 7

A TENSÃO INUNDAVA O SALÃO, COMO SE SUGASSE O AR. O CLIMA pesado se intensificava cada vez mais enquanto esperavam pelo *mentallus*.

Enquanto Mirthan e Merlina conversavam em voz baixa no outro extremo, como se partilhassem um grande segredo, Maya sentou-se em uma das poltronas aveludadas e recostou a cabeça, observando Adrian, que andava de um lado para o outro.

O príncipe aparentava cansaço. Não havia muito do jovem gentil que ela conhecera. Suas vestes escuras lhe davam um ar sombrio e misterioso. Ele era um homem alto e imponente que se destacaria em qualquer lugar, mas seus olhos profundos e penetrantes refletiam a dor que carregava dentro de si.

Seu rosto, outrora risonho, estava coberto por uma barba espessa. Os cabelos não mantinham mais o corte curto; estavam mais compridos e um pouco desalinhados. Pouco sobrara do homem exuberante e charmoso que arrancava suspiros.

— Eu nunca quis ferir Sarah. — Maya não conseguiu evitar de sentir culpa. Não podia negar que a matara, ainda que contra sua vontade.

A frase fez o príncipe a encarar, chocado com a ousadia da feiticeira em lhe dirigir a palavra.

— Perdoe-me se estou inclinado a não acreditar, afinal, Sarah está morta. — O rancor estava presente em cada palavra.

— Você não sabe de tudo o que aconteceu, e seria melhor se continuasse sem saber. — A feiticeira se levantou devagar. Ainda sentia muitas dores, e não poderia se curar enquanto estivesse usando os braceletes.

— Se acha que existe algo que me fará acreditar que ela merecia ter o coração arrancado, pare imediatamente. — Adrian cortou a distância entre eles, mas se absteve de tocá-la.

— Acredite quando digo que você não quer saber a verdade. — Ela sustentou o olhar repleto de mágoa.

Adrian puxou o ar e o soltou com força. Os dois estavam tão próximos que podiam sentir a respiração um do outro.

— A verdade é que você a matou. Você a matou. — Ele fez uma pausa. Maya não era digna de sua confissão. — E, mesmo assim, eu não consegui matar você.

Ela olhou para baixo. Nunca deixou de pensar no que poderia ter feito de diferente para mudar os eventos que levaram à morte de Sarah. O *mentallus* mostraria a verdade, e ela acreditava que isso não melhoraria a situação para o príncipe. Era provável que ele se sentisse ainda pior. Em uma última tentativa, disse:

— Por favor, Adrian, acredite em mim. Eu realmente fiz o que precisava fazer. — Ela sussurrou a última parte: — Eu morreria antes de ferir você. Em algum lugar aí dentro, você sabe disso.

— Deveria ter morrido. — Ele a segurou pelos ombros, obrigando-a fitá-lo outra vez. Havia ressentimento refletido nos olhos de ambos. O príncipe baixou a voz para que apenas ela pudesse ouvir: — Por que fez isso, Maya? Por que não me procurou antes de destruir tudo? Foi ciúme?

Ela o cortou:

— Como pode pensar que eu faria algo assim por ciúme? — O corpo de Maya estremeceu, querendo se libertar do toque dele. — Você me conhece, Adrian.

— Eu não a conheço. — O príncipe a soltou abruptamente, e a feiticeira se apoiou na poltrona que estava atrás dela.

Maya abriu a boca para responder, mas foi interrompida por uma explosão de névoa lilás, da qual surgiu o *mentallus*, acompanhado por Nox.

— Encomenda entregue. — Nox avisou e, antes de desaparecer, olhou para Maya.

Os olhos cinzentos de Maya brilharam cheios de culpa. Todos encararam o outro visitante, que ergueu a mão peluda com quatro dedos finos para cumprimentá-los.

— Olá — ele disse sem abrir a boca, comunicando-se por telepatia.

Os *mentallus* eram um povo composto por criaturas mágicas extremamente raras e difíceis de encontrar. Tinham traços felinos e o corpo coberto por uma pelagem macia e brilhante. As cores variavam desde o azul-celeste até o roxo-escuro. Bípedes, quando estavam na presença de humanos, preferiam cobrir o corpo com uma longa capa de algodão para evitar que a pelagem colorida fosse alvo de curiosidade e causasse uma sobrecarga de emoções. A sola de seus pés era grossa o suficiente para que não precisassem usar sapatos. Os filhotes nasciam com poucos centímetros, mas ao longo da vida chegavam a atingir um metro e meio. Os olhos grandes brilhavam intensamente em um tom dourado, e eram a principal fonte de seu poder telepático, permitindo que lessem mentes com precisão e profundidade. Tinham orelhas pequenas e pontudas, e a boca, também pequena, não era utilizada para comunicação.

De todos os seres do reino, eram os mais inteligentes e sensíveis, tendo personalidades cativantes e carismáticas. Não representavam ameaça para os humanos nem para outras criaturas mágicas, preferindo ficar escondidos em locais tranquilos e isolados. Os humanos costumavam escravizá-los para usar seus poderes, mas um antepassado de Mirthan ameaçou entrar em guerra com qualquer reino que mantivesse os *mentallus* contra a vontade deles, e agora viviam tranquilos, escondidos pelo mundo.

— Demoramos muito tempo para encontrá-lo. Estamos gratos que tenha vindo — o rei agradeceu, humilde. — O reino está em dívida com seu povo.

— Eu sou Verit. — Ele abriu um pequeno sorriso. — Que a verdade possa libertá-los. — Ele os encarou, um a um. — Vamos começar. — Apontou para as cadeiras.

Não era preciso dizer mais nada. Um *mentallus* podia ler mentes e conhecia a verdade. Seu trabalho seria revelá-la aos outros; para isso, ele canalizaria as lembranças de Maya no cristal redondo que estava coberto na mesa ao centro.

— Lembranças são fragmentadas e se misturam — Verit avisou, tirando o pano que cobria o cristal. — Quando começarmos, levarei alguns segundos para encontrar a lembrança que buscam e transmiti-la como de fato aconteceu. — Você aceita que eu a reproduza para todos? — ele pergunta a Maya, que trocou um olhar com a tia, apreensiva.

A última coisa que queria era que a lembrança daquele dia fosse reproduzida, mas não poderia fugir para sempre: era a hora da verdade.

— Aceito.

— Perdoe-me. — O ser mágico tocou com carinho a cabeça dela, fazendo-a se sobressaltar.

Uma conexão física com um *mentallus* era intensa demais até mesmo para uma feiticeira. Quando ele transmitisse suas lembranças para os outros, ela reviveria cada cena como se estivesse passando pela situação outra vez.

Maya fechou os olhos e se permitiu voltar ao passado.

CAPÍTULO 8

PRIMEIRO FLASH DE MEMÓRIA REFLETIDA PELO CRISTAL MOSTROU Maya com sangue escorrendo pelas mãos. Adrian apertou o encosto da cadeira com tanta força que a madeira estalou. A sequência de imagens mudava rápido demais.

Uma versão criança de Maya correndo com borboletas ao seu redor.
Uma mulher dizendo que ela pagaria por lhe tirar tudo.
Merlin chorando sobre o corpo da menina, que se esvaía em sangue.
Maya adulta emanando poder.
Adrian e Maya conversando amigavelmente na biblioteca.
Um beijo.
Sarah e Maya discutindo.
Adrian e Maya discutindo.
Maya ninando Branca de Neve. Sarah furiosa.
Um homem de cabelos azuis enxugando as lágrimas de Maya.
Sangue... Maya em desespero.

E, de repente, tudo se estabilizou.

A feiticeira foi procurar Sarah e a encontrou saindo apressada do castelo, usando roupas de criada e carregando uma cesta coberta. Ela a seguiu pelo bosque que ficava atrás da fortaleza.

Uma pessoa, oculta por uma capa, aguardava Sarah. Maya se aproximou no exato momento em que o capuz do manto caiu para trás e um rosto surgiu. Sua aparência era assustadora, como se a face tivesse sido arrancada e colada aos pedaços. Maya a conhecia muito bem, infelizmente. A mulher disse:

— Seu tempo acabou. Entregue-me a menina, ou o pai dela estará morto ao anoitecer.

— O que pensa que está fazendo? — *Maya não esperou para ouvir mais nada e saiu do esconderijo, colocando-se entre Sarah e a mulher assustadora.*

— Maya. — *A voz de Sarah soou esganiçada, como se a feiticeira fosse a última pessoa que esperava ver.*

— Isso é jeito de falar com a própria mãe? — *a bruxa provocou a feiticeira.*

— Você não é minha mãe.

— Por mais que você e seu pai digam o contrário, você saiu de mim.

— É preciso muito mais do que isso para definir uma mãe. Você queria que Merlin lhe desse a imortalidade.

Electra não se abalou.

— Como seu pai preferiu dar a imortalidade para a filhinha amada, tive que buscá-la por outros meios.

— Não parece que está dando muito certo. — *Maya fez uma careta e virou-se para a princesa, criando um escudo de energia entre a bruxa e elas.* — O que você está fazendo? Não sabe que não deve fazer negócios com bruxos tenebris? Eles são capazes de qualquer coisa para conseguir o que desejam.

— Eu não tive escolha. — *A princesa enxugava as lágrimas.* — Adrian não me ama como ama você.

Maya estremeceu:

— O que está dizendo? Adrian ama você. Ele é fiel a esse amor.

— Não, ele é fiel ao casamento, mas eu vejo como ele olha para você.

A feiticeira negava com a cabeça ao segurar Sarah pelos ombros. Ela precisava entender o perigo que estava correndo.

— Sarah, o que você fez?

A princesa chorava copiosamente, e foi a bruxa quem respondeu:

— Ela me pediu que fizesse o marido amá-la como ama você.

Em choque, Maya deu um passo para trás e seu escudo enfraqueceu por um instante.

— O que você prometeu? — perguntou, firme, sem acreditar que Sarah colocara todos em risco por uma história que havia terminado antes de ela e o príncipe se conhecerem.

— Ela me encontrou quando eu buscava uma poção com uma bruxa de Polaris.

— Bruxas da Ordem de Polaris sabem que não podem usar magia sombria. Elas respeitam a magia, por isso ela estava usando elementos encontrados na natureza. — Maya explicou o que Sarah já sabia, e mesmo assim decidiu arriscar.

— As bruxas de Polaris se contentam com pouco — Electra falou, e quase foi ignorada, recebendo apenas um olhar furioso da filha.

A bruxa apenas sorriu, impassível.

— Eu sabia que os bruxos de Electra exploravam a magia de forma diferente — começou Sarah, mas os soluços a impediram de continuar.

— Eu disse que lhe daria o amor total do príncipe — Electra continuou contando o ocorrido no lugar de Sarah. — E, em troca, você disse que me daria o que eu quisesse. Nem precisei te convencer. Atendi seu pedido e, quando a criança nasceu, o preço era óbvio: a menina deveria ser entregue a mim, ou o pai dela morreria.

— Não! — Maya abaixou o escudo e um feixe de luz roxa com fios prateados explodiu de sua mão, chocando-se contra o peito da bruxa e jogando-a longe.

— Tão temperamental quanto seu pai. — Electra se levantou, sem perder o sorriso sarcástico, e limpou o sangue do canto da boca. — Você me conhece bem demais para saber que mais alguém da minha ordem assinou o contrato, não é? Ele poderá ser cumprido mesmo depois da minha morte. — Ela se levantou com o apoio de uma árvore e caminhou devagar, sentindo o impacto do ataque de Maya. — A decisão não cabe a você. O acordo está muito bem amarrado. Se eu não receber a menina, o príncipe morrerá. — Ela procurou algo no bolso da capa marrom e estendeu o contrato com a assinatura de sangue de Sarah, mas antes que Maya pudesse descobrir quem mais o assinara, Electra o guardou, remexendo no bolso outra vez. — Entregue-me Branca de Neve.

— Não! — Maya estava irredutível, mas Sarah abaixou-se para descobrir a cesta que trouxera consigo.

A menina dormia tranquilamente, sem imaginar que sua vida corria perigo.

— Você pretendia entregá-la? — A feiticeira estava em choque.

— Eu... eu não queria. — Sarah ergueu o queixo, encontrando coragem para enfrentar Maya. — A culpa é sua. Se você não tivesse usado magia para fazer Adrian amá-la, ele teria me amado.

— Do que você está falando? Eu jamais usaria magia em Adrian para que ele se apaixonasse por mim. — Maya estava começando a se irritar. Não era possível que a princesa fosse tão egoísta. — Chega disso. Você não entregará Branca de Neve.

— Então o príncipe morrerá à meia-noite. — Electra sorriu. — Não deixa de ser poético, minha filha. Você será a causadora da morte do homem que ama. É isso ou entregar a filha dele para mim, o que sabemos que não conseguirá fazer.

— Adrian não morrerá! — Sarah tentou passar por Maya para entregar Branca de Neve.

A feiticeira usou magia para impedi-la e retirou Branca de Neve de seus braços. A bebê abriu os olhos e, como se a reconhecesse, aninhou-se e voltou a dormir. Maya tornou a encarar Sarah, e Electra esbravejou ao reconhecer a luz lilás da magia se intensificando ao redor da filha e de Branca de Neve.

— Você não ousaria! Ele a odiará para sempre. — Electra apertou os punhos e, no mesmo momento em que Adrian chegava galopando, um raio de luz de Maya atingiu o peito de Sarah, fazendo-a cair no chão, morta.

Adrian gritou e tentou se aproximar, mas a feiticeira o bloqueou com magia. Ela precisava de uma contramaldição. A morte de Sarah poderia lhes dar tempo para encontrar uma saída para a pequena princesa. A dívida seria pausada. Com um punhal, ajoelhou-se e cortou o peito de Sarah e, com o sangue de seu coração, marcou a testa de Branca de Neve enquanto murmurava baixinho:

— Gostaria de poder te dar mais tempo, mas há limites até para a magia mais forte. Branca de Neve, você não precisará ser entregue a Electra até completar dezoito anos. — As lágrimas escorriam pelo rosto de Maya e caíam sobre a bochecha da bebê.

— Perdoe-me por matar sua mãe. Era a única escolha que manteria você e seu pai a salvo. — Maya abraçou a princesinha e lançou seu poder sobre Electra ao mesmo tempo em que Adrian continuava a se chocar contra o escudo de magia.

Dessa vez, a bruxa se levantou com mais dificuldade, e o sangue começou a manchar suas vestes. Como se nada a abalasse, avisou:

— Se me matar, nunca saberá quem é o próximo algoz de Branca de Neve. Não seja burra. Não há como descobrir de qualquer forma, mas pelo menos terá esperança. Sei que gosta disso. — Electra não cansava de provocá-la.

Adrian continuava atrás do escudo, com a espada em riste, gritando o nome de Sarah.

— Maya, o que você fez? — O olhar desesperado se perdia entre a feiticeira e o corpo da esposa inerte no chão.

— O que você acha, querido? Ela não aguentou ver você com outra. — Electra aproveitou o silêncio pela dor da filha e foi embora. Não havia mais nada que pudesse fazer ali. Teria longos anos de espera.

Adrian gritava e esmurrava a parede mágica que o rodeava, quando Maya caiu de joelhos, entregando-lhe Branca de Neve. O príncipe correu até a esposa e a puxou para si, beijando seus lábios como se isso fosse o suficiente para trazê-la de volta.

Ao sentir suas lágrimas escorrendo, Maya percebeu que o pouco que restava de sua força se esvaía com elas. Adrian a encarou, furioso, desolado, sem entender como ela tinha sido capaz de cometer tal atrocidade. Ele se levantou e ergueu a espada, apontando para o peito da feiticeira, chegando a fazer um filete de sangue escorrer.

— Olhe para mim — ele exigiu. Maya ergueu a cabeça e o fitou. Adrian a encarou por um longo tempo até que abaixou a espada. — Vá embora de Encantare e nunca mais volte. — Ele virou o rosto. — Se nossos olhares se cruzarem novamente, eu a matarei.

— Acredito que temos o suficiente. — O *mentallus* abaixou as mãos, pesaroso. — A parte difícil sobre a verdade é que muitas vezes ela não é bonita.

Cruzando as mãos na frente do corpo, Verit emitiu um som triste. Ninguém conseguiu dizer nada, ainda se recuperavam do peso da verdade.

O príncipe Adrian estava petrificado, tão pálido que o pai teve medo de que ele desfalecesse. O olhar estava fixado onde antes apareciam as imagens da morte de Sarah.

A força de Maya se esvaía. Ela deslizou da cadeira até o chão e colocou a cabeça sobre os joelhos dobrados, encolhendo-se. O peito doía como se tivesse acabado de arrancar o coração de Sarah novamente.

Com o baque, a atenção de Adrian se desviou para a feiticeira. Ele se agachou ao lado dela e tocou os braceletes para libertá-la. O objeto caiu no piso, tinindo. A feiticeira levantou a cabeça e os dois se fitaram por longos segundos. Culpa e dor refletiam no ato.

Sem conseguir controlar o fluxo furioso dos pensamentos, o príncipe se levantou, passou as mãos pelo cabelo e pelo rosto, como se estivesse contendo uma tempestade interna. A passos largos, alcançou a porta e deixou a sala do trono, não parando nem quando o pai chamou o seu nome.

— Deixe-o ir. Ele precisa de tempo. — Merlina ergueu a mão e estalou os dedos.

— Precisa mesmo estalar os dedos? — O jovem feiticeiro reclamou ao reaparecer e ver Maya no chão. Seu instinto quase o fez se mover na direção dela, mas se deteve. — Decidiram executá-la?

— Não — Merlina murmurou.

— Ela é inocente — declarou o rei.

O jovem feiticeiro franziu o nariz, sem saber no que pensar, e estranhando o alívio que sentia.

— Posso levá-lo? — perguntou, provavelmente querendo sair dali o mais rápido possível, e recebeu a afirmação de Merlina.

— Um momento — Verit disse.

Ele fez um carinho na cabeça de Maya, que imediatamente adormeceu, e cuidou para que ela não se machucasse quando o corpo cedeu.

— Agora podemos ir — o *mentallus* disse. — Eles precisam de tempo para se recuperar, mas não muito. A Ordem de Electra cresce, buscando vingança e retaliação. Eu teria vindo antes se soubesse o que sei agora. — Ele ergueu um dos dedos antes que o feiticeiro o tocasse para o transporte. — O momento de entregar a princesa se aproxima.

CAPÍTULO 9

O SOL SE PUNHA NO HORIZONTE QUANDO O PRÍNCIPE ADRIAN desceu as escadas de pedra na entrada do castelo, à procura do cavalariço. Mal teve tempo de dar a ordem para que o garoto buscasse seu cavalo, e Branca de Neve apareceu na sua frente.

Por um instante, foi como se Sarah saltasse dos seus pensamentos para a realidade, e ele a olhou, em choque, esperando vê-la morta. Adrian deu um passo para trás, apertando os olhos e tentando compreender o que se passava. Como Sarah teve coragem de barganhar a própria filha em troca de uma magia que o fizesse se apaixonar por ela?

— Pai! — Branca de Neve o chamou pela terceira vez, ansiosa. Era como se o pai estivesse vendo um fantasma.

Ele ergueu a mão, hesitante, e tocou o rosto da filha. O calor o trouxe de volta. Quando tocou o rosto de Sarah pela última vez, ela estava gelada, tão gelada quanto o coração do príncipe se tornou.

— Está tudo bem? — A princesa cobriu a mão dele com a sua.

— Não. — Nem sequer tinha força para mentir.

Era sua menina, ele tentava dizer a si mesmo. A menina que amava. A menina por quem daria a vida e que a própria mãe oferecera como pagamento em troca do amor de Adrian. Como seria se, um dia, Branca de Neve soubesse dos detalhes da história? Ele próprio custava a acreditar.

O cavalariço chegou com a montaria, e o príncipe partiu em silêncio. Ao cruzar o portão, ainda conseguiu ouvir a filha chamando-o, pediu perdão em pensamento, mas não conseguiu parar. Impulsionou o animal a ir mais rápido. Parecia que as patas dele mal tocavam o chão. Queria cavalgar até o lugar que lhe traria paz, mas temia que esse lugar não existisse.

Branca de Neve levou a mão ao peito. Nunca vira o pai tão transtornado. Nem na primeira vez em que ela tinha fugido do castelo. Para a princesa, ter perdido a mãe havia sido um processo estranho. Primeiro precisou entender que tivera uma mãe para, em seguida, perdê-la. O impacto foi tão forte que ela parou de falar por vários dias.

O pensamento escureceu os olhos de Branca de Neve. Ela nunca soube se era justo ser feliz sem a mãe, e se culpava pelos anos de inocência. A mãe estava morta enquanto ela se aventurava, serelepe, pelo castelo. Era como se estivesse trapaceando. Não havia motivo para que estivesse viva e a mãe dela não.

Quando voltou a falar com o pai, passou a compreender melhor por que sempre havia uma aura de melancolia sobre ele, mesmo que o homem se esforçasse para não demonstrar o que sentia. Agora, Adrian estava a um passo de partir para dentro de si e não voltar nunca mais.

E enquanto olhava a figura do pai e de seu cavalo sumir de suas vistas, sentiu a mão de Dandara se entrelaçar com a sua e a apertar, procurando confortar a princesa. Era o máximo que a feiticeira conseguiria oferecer. Ela sequer gostava de contato, muito menos em público, mas reconhecia a tristeza da garota e não poderia ignorá-la.

Apesar de os Sete Guardiões responderem inicialmente ao rei, era a primeira vez, desde que a aliança havia sido feita, que os feiticeiros encontravam um motivo mais forte do que uma promessa firmada havia séculos: o amor que sentiam por Branca de Neve.

❧

A planície estendia-se diante do príncipe como um vasto campo de descobertas que sacudiam sua compreensão de mundo. O cavalo galopava com uma urgência que refletia o tumulto interno de Adrian; o som dos cascos batendo no solo ressoava em ritmo de agonia, uma trilha sonora para a culpa que o agarrava implacavelmente. Maya, a feiticeira a quem perseguira com tanta ferocidade, a quem ferira com sua flecha envenenada e aprisionara, era inocente do crime que o assombrava.

Em meio ao caos de seus pensamentos, o príncipe tomou uma decisão impulsiva e se desviou do caminho, conduzindo o cavalo através da floresta até que chegaram a uma clareira, um santuário de serenidade no coração da floresta. A visão da pequena cachoeira, com suas águas cintilantes e sua melodia suave, contrastava intensamente com a tempestade dentro dele.

Ali estava Adrian, no lugar em que tudo começara, onde finalmente conhecera Maya, a feiticeira por juramento de seu pai.

Seu olhar foi atraído para a água que fluía, como se buscasse refúgio nas memórias mais simples, nos momentos em que tudo parecia mais fácil. A visão da feiticeira nadando nas águas da cachoeira foi até ele como um sonho distante, uma lembrança que ganhou nova vida diante de sua atual angústia. Era como se o próprio cenário tivesse preservado um vislumbre da natureza de Maya, algo que o seduziu tão facilmente quanto aquelas águas frescas em um dia quente.

A cachoeira entoava sua canção constante enquanto o príncipe seguia fitando a água com o olhar perdido. Aquele lugar encantador havia sido testemunha de um amor épico, que se tornara impossível pelo dever que os envolvidos tinham com o reino: o herdeiro do trono e a protetora juramentada do rei.

O amor do príncipe e da feiticeira estava fadado à tragédia desde o início. O casamento entre mortais e imortais era proibido no continente de Malyria. Os outros reinos tiveram que aceitar a predileção da deusa Eris por Encantare e o fato da Ordem de Merlin estar tão presente em seu governo. Mas numa tentativa de minar a influência dos feiticeiros, um tratado havia sido assinado, inclusive pelos Pendragon e pelo próprio Merlin, proibindo a ligação por matrimônio.

Nem Adrian nem Maya queriam se apaixonar, mas o coração não costumava esperar por planejamento para se deixar levar...

❦

A porta se chocou contra a parede com um estrondo. Mirthan não precisava se virar para saber que a neta entrara em seus aposentos.

— Quero saber o que está acontecendo! — Branca de Neve exigiu, com urgência.

O rei suspirou e virou o corpo devagar, colocou as mãos para trás e olhou para a neta, em silêncio. Ela respirava rápido demais, provavelmente por ter subido as escadas correndo, como se fosse salvar o pai da morte iminente. Por conhecê-la muito bem, ele sabia o quanto ela se sentia compelida a salvar todas as pessoas, em especial, o pai. Então, para o avô era nítido que ela estava substituindo a tristeza pela raiva.

— Por favor, vovô. — Ela se aproximou, abrandando o tom de voz e escolhendo as palavras. — Não me diga que são segredos do reino, por favor. Meu pai passou por mim no pátio e quando me olhou, parecia que não havia nada nele. Era como se ele fosse só uma casca vazia. Maya escapou e o enfeitiçou? Ele está sob alguma maldição? Ele vai partir como... Eu... eu sinto muito pela maneira como entrei.

Mirthan a fitou com ternura. Ele não estava quieto para dar-lhe uma lição, embora ela certamente merecesse uma, dada a forma como irrompeu em seus aposentos. Estava quieto porque refletia sobre o que era seguro contar a ela sem causar mais danos.

— Seu pai ficará bem. Ele não está enfeitiçado, está em choque.

— Por quê?

— Maya é inocente. — Por mais que tivesse, de fato, matado Sarah, ela era inocente, e, no momento, nenhum deles contaria os detalhes a Branca de Neve.

— Não. Meu pai me disse que ela era culpada. — Branca de Neve deu um passo para trás. — Isso está errado. Por que ele mentiria? Ele jurou, depois daqueles anos em minha infância, que nunca mais esconderia a verdade de mim.

— Em primeiro lugar, você nem deveria saber sobre a suspeita de que Maya era culpada. — Apesar da bronca, o tom foi carinhoso. — E não saberia se não espionasse conversas alheias, mocinha. Como eu lhe disse várias vezes, isso lhe trará problemas.

Quando Branca de Neve foi pega ouvindo, ela pagou o preço, um mês sem poder cavalgar nem escalar, então ignorou a questão. Assuntos reais eram da sua conta, e não discutiria sobre isso outra vez.

— Como tem certeza de que Maya é inocente? Ela pode muito bem estar manipulando vocês.

— Pare de repetir as palavras do seu pai. A dor e a raiva o deixaram cego. Sei da inocência de Maya não apenas porque confio nela, mas porque ela passou por um *mentallus*.

— Mas meu pai não mentiria... — Ela estava confusa e andava de um lado para o outro, embolando, sem perceber, o tapete da antessala do avô.

— Ele não mentiu. Ele acreditava que Maya era culpada, e ela se sentia tão culpada que acabou complicando ainda mais a situação, apesar de sua inocência.

— Era um *mentallus* mesmo? Eles são tão raros de encontrar.

— Você está questionando minha inteligência, minha neta?

— Não — apressou-se em dizer —, mas imagino que Maya pode ser ardilosa.

— Outra frase do seu pai que você deve esquecer. No mais, não a julgue sem conhecê-la. — O rei ficou impaciente. — Maya é inocente.

— E você a baniu mesmo assim. — Os olhos da menina se arregalaram.

Assim era sua neta. Depois da raiva, agora que sabia que Maya era inocente, Branca de Neve se culparia por tê-la julgado, e questionaria o que sua família a fez sofrer.

— Fizemos o que precisava ser feito. Feiticeiros são imortais em relação ao tempo e suas ações, mas seu corpo pode ser destruído. Apesar da regeneração mágica, se a ferida for mortal, eles não conseguem se curar. Seu pai jamais se recuperaria se a matasse.

— Então quem matou minha mãe? — perguntou, em um estalo.

— Uma bruxa. — O avô respondeu mais rápido do que ela pensou que responderia. — É o máximo que direi. Não insista.

— Não tenho o direito de saber? — Ela enfrentou o semblante fechado do rei.

— Branca de Neve Pendragon, não é hora de termos mais uma vez a conversa sobre quais são os seus direitos na administração e execução das leis do reino. — Mirthan cruzou os braços, mas abrandou a expressão.

— Isso quer dizer que amanhã pode ser a hora? — Ela cruzou os braços, imitando-o.

O rei sorriu. Depois do dia que tivera, e do que ainda estava por vir, ver a neta testando seus limites até que foi tranquilo.

— Pode ser que sim, pode ser que não. Primeiro tenho coisas de adulto para resolver. — Mirthan apertou a ponta do nariz da neta, sabendo que ela odiava quando ele dizia isso. — Prometo que você será chamada para uma conversa esclarecedora em breve.

A princesa refletiu por alguns segundos antes de responder:

— Eu aceito. Acha mesmo que ele ficará bem? — Ela não precisava dizer que era ao pai que se referia.

— Tenho certeza. — Não tinha. Por terem passado anos longe um do outro, pai e filho nem sempre se entendiam, mas a neta precisava de alguém que lhe desse segurança. Não era mentira. Era uma prece. Estendeu as mãos para ela. — Venha, menina.

Branca de Neve correu para os braços do avô. Não queria parecer uma criança chorona, mas toda essa situação a deixara em frangalhos. Queria acreditar que o pai ficaria bem, mesmo que uma voz em seu coração lhe dissesse que não seria tão simples.

CAPÍTULO 10

OS APOSENTOS ESTAVAM ILUMINADOS APENAS PELA LAREIRA QUANdo Merlina se transportou com Maya, pousando sobre o tapete felpudo da sala. Não conseguiu movê-la até a cama. Em um estalar de dedos da feiticeira, Nox apareceu mordendo um pedaço de queijo, já deixando sua opinião bem clara:

— Isso é realmente necessário? — Então fez a comida desaparecer e limpou os lábios antes de dizer: — Terei de reportar abuso ao Ministério da Magia.

— Nós não temos um ministério. — Merlina deu de ombros.

— O que evidentemente é um problema. — Nox gracejou. — Eu deveria ter um horário para me alimentar, pelo menos.

— Não existe horário de alimentação quando preciso de você.

Uma careta maculou seu lindo rosto.

— Está mais autoritária que o tio Merlin, mãe. — O tom de Nox carregava desgosto.

— Pai? — Maya murmurou entre o sono e a vigília.

Merlina colocou os dedos nos lábios e apontou para Maya.

— Me ajude a levá-la para cama. Eu deveria ter chamado você para trazê-la para o quarto. Transportar outra pessoa me deixa exausta.

Apesar de a maioria dos feiticeiros se transportar com magia, poucos conseguiam se transportar acompanhados, não como Nox, que segurou Maya e a soltou a quase um metro acima da cama, deixando que o corpo caísse sobre o colchão, enquanto mantinha a expressão inocente, mesmo sob o olhar severo da mãe.

Maya se sentou na cama, assustada. Merlina fuzilou Nox com o olhar, que deu de ombros e se sentou numa poltrona no canto do quarto.

— Esse lugar está congelando. — Nox apontou para a lareira, aumentando sua chama. O fogo crepitou alto.

O calor foi preenchendo o quarto, e Nox acendeu as luminárias, deixando que a mãe tratasse de Maya. Então se levantou para roubar um cacho de uvas da bandeja com frutas, pão e queijo que Merlina fez surgir na cama enquanto ela insistia para que a sobrinha se alimentasse antes de conversarem. Quando terminou de comer as uvas, Nox acomodou a cabeça no encosto da poltrona e fechou os olhos.

— Levará um tempo para você se recuperar, Maya. — Merlina avisou, entregando mais um pedaço de queijo para a sobrinha. — Você foi caçada, ferida e presa aos braceletes logo em seguida. Será preciso mais do que uma noite para que se restabeleça. Akemi virá para examinar seu ferimento mais tarde. — Ela se referiu a outro dos Sete Guardiões.

— Como Adrian está? — Maya apertou a cabeça.

— Como acha que ele está, prima? — Nox respondeu com rispidez, sem nem abrir os olhos. — Saiu cavalgando como um raio, deixando a princesinha um caco. Dandara estava com ela da última vez que vi.

Ao ver que a sobrinha não comeria mais, Merlina fez a bandeja desaparecer antes de se virar para o filho:

— Você terá que lidar com essa raiva em algum momento, Nox. Deve se preparar para o que vamos enfrentar, não acha?

— Já estou. — Nox se levantou da poltrona, aproximou-se da cama e apontou a cabeça para Maya. — Apenas porque ela deu fim a quem deveria ocupar a posição.

— Eu disse que ela é inocente.

— Pode ser inocente quanto à princesa Sarah, mas se não tivesse buscado desesperadamente por vingança, Lince ainda estaria aqui.

Merlina se levantou, com calma. Mesmo sendo dez centímetros mais baixa, ergueu o queixo e mediu Nox.

— Eu sei a dor que sente. Não se esqueça de que a compartilho. Contudo, a raiva que você nutre por Maya pode destruir o que todos nós lutamos muito para proteger. Seu irmão sabia o que estava fazendo quando a seguiu em sua vingança. Ele era o feiticeiro juramentado de Branca de Neve. Aliás, se Sarah não tivesse proibido a aliança entre os dois assim que a menina nasceu, talvez nem estivéssemos passando por isso. — Sua voz não escondia a tristeza. — Há muito mais em jogo.

— Proteger os Pendragon, eu sei. — Nem fez questão de esconder o desgosto. — Ela preferiu um Pendragon a proteger o próprio sangue. É filha de Merlin, realmente.

Maya não ousou argumentar. Estava fraca demais para mais uma discussão, principalmente uma em que o primo tinha razão, afinal, as ações dela custaram muito.

— Ao proteger os Pendragon, protegemos este mundo e todos os outros. — Merlina tocou o ombro de Nox, que deu um passo para trás. Odiava vê-lo sentir tanto rancor. A última vez que um merliniano se deixara levar por esse sentimento, ela perdera um filho, não queria perder outro. — É uma lição que aprendemos na dor: se não olharmos e enfrentarmos os demônios que habitam nosso abismo interior, eles nos devorarão.

Nox olhou para a mãe sem esboçar a mínima reação. Por fim, disse:

— Ainda precisará de mim esta noite, Merlina? — E desapareceu antes mesmo de a mãe responder que não.

CAPÍTULO 11

O CASTELO ESTAVA EM SILÊNCIO QUANDO ADRIAN SUBIU AS ESCADAS que levavam a seus aposentos. Com um aceno de cabeça, cumprimentou os guardas que cruzaram seu caminho e reconheceu os olhares de preocupação, mas não parou para conversar. Estava exausto.

Durante muitos anos, Adrian sequer vira Maya. A rainha se encarregou disso ao levá-lo para ser criado em um dos palácios, no interior do reino. A família da mãe era conhecida por questionar o quanto os seres mágicos deveriam se envolver no governo de suas terras. Em cada reino havia Sete Guardiões, todos feiticeiros da Ordem de Merlin, até mesmo nos reinos que não apoiavam o uso de magia. Nesses lugares, os feiticeiros agiam como espiões de Encantare. Tudo era feito para que até mesmo o planejamento de uma nova guerra fosse extinto.

Mas o fato de a segurança do reino sempre vir antes do amor não era novidade para Adrian. Seu avô foi quem decidira que o pai se casaria com uma princesa de um reino sem magia para tentar encerrar um movimento que vinha crescendo contra os seres mágicos.

Mirthan casou-se com a princesa Elena, uma mulher que ele nunca chegara a amar e que odiava magia e tudo o que se referisse a ela. E esse problema se refletia também na criação do filho. Mas quanto mais ela o proibia de conviver com seres mágicos, mais seu interesse por eles aumentava.

Aos vinte e dois anos, após a morte da mãe, o príncipe retornou ao castelo. Não fora um início fácil. Depois de tanto tempo afastado, precisava compreender melhor a política do reino e aprender a lidar com a influência direta dos feiticeiros. Havia chegado a hora de levar as coisas a sério. Inclusive, o pai lhe comunicou que ele já estava prometido a uma mulher que nem ao menos conhecia.

Não argumentara, simplesmente assentira ao ouvir as palavras. Era o seu dever. Assim que o liberaram, deixara o castelo, galopando em seu cavalo. Como não conhecia a floresta, acabara se perdendo, mas não houve preocupação de sua parte. Ainda demoraria a escurecer e ele teria tempo para se localizar.

Havia desmontado do cavalo e saído à procura de água. Ele sabia que o riacho que cortava a floresta cruzava os jardins reais e terminava em um lago, então seguiu naquela direção.

A feiticeira estava deitada de olhos fechados sob a relva quando o príncipe a vira pela primeira vez. Os cabelos acinzentados tinham um brilho prateado, o vestido molhado estava colado à pele. Ela parecera adormecida, e ele havia pensado em recuar em silêncio, mas seu cavalo tinha outros planos e bufou, impaciente, seguindo até a margem do riacho para saciar a sede, pouco se importando com o constrangimento de seu cavaleiro.

Maya abrira os olhos, encarando-o em silêncio. Os cabelos e olhos cinzentos denunciaram a feiticeira juramentada do rei que a mãe de Adrian odiava. A rainha não havia escondido sua beleza. Pelo contrário, ao descrever a aparência da mulher, avisara ao filho que não se deixasse encantar. O príncipe havia procurado sinais da malícia no olhar da feiticeira, mas encontrara doçura.

Não a deixe seduzir você como fez com seu pai, Adrian, a voz da mãe ressoou em seus pensamentos.

Por mais que tivesse sido preparado por anos para aquele momento, Adrian havia engolido em seco diante da feiticeira que não parecia ter mais do que a sua idade. Ele era muito bom em esconder o que sentia. Aprendera a ser mais racional que emocional e, mesmo quando mais jovem, nunca tinha sido dado a rompantes românticos. Entretanto, naquele dia, ao ver pela primeira vez a mulher que passara anos imaginando, não havia conseguido conter o ritmo acelerado do coração e, movendo-se para tentar quebrar o encanto e não se deixar envolver, escorregara em uma raiz úmida e caíra de costas no chão.

A risada de Adrian tinha começado baixa, como uma forma de aliviar o constrangimento, mas o som fora se intensificando e, quando se dera conta, Maya já estava de pé, sorrindo e lhe estendendo a mão.

— Pensei que você fosse uma feiticeira do reino. — Adrian havia brincado ao aceitar a mão e se levantar. — Devo ter me enganado, afinal, uma feiticeira teria me impedido de cair.

— Eu poderia. — Ela piscara antes de continuar: — Mas, às vezes, precisamos cair.

— Eu precisava — ele admitiu, refletindo sobre a frase enigmática e batendo no casaco para tirar as folhas grudadas. — Mas ainda é cedo para dizer se a queda teve um efeito irreversível.

Maya tinha visto Adrian mais cedo, enquanto ele subia as escadas do pátio, ao chegar para se estabelecer no reino. Do lugar em que estivera, perto da entrada do jardim, pudera se manter oculta para observá-lo. Antes disso, ela o tinha visto no dia do seu nascimento: um bebê Pendragon como todos os outros, a quem ela deveria proteger. Mas esse não era o mesmo objetivo da rainha que, para se vingar do que julgava ser uma traição do rei, levou-o para longe por mais de vinte anos.

Ao retornar ao castelo, o príncipe era um homem sobre o qual a feiticeira não sabia nada, e isso a intrigava.

Ela havia desviado a atenção para um pássaro, que tinha mergulhado nas águas do riacho e emergido com um peixe na boca, antes de dizer:

— Imagino que tenha ouvido histórias terríveis a meu respeito.

— As piores possíveis. — Adrian se sentou próximo a ela, recebendo um olhar de espanto.

— E, mesmo assim, se senta ao meu lado... — A pergunta se perdeu enquanto a elaborava.

— Não acredito que ouvir histórias de terceiros seja a melhor forma de conhecer alguém.

— É uma boa resposta, mas não sei se sua mãe aprovaria.

A menção à mãe o mantivera em silêncio por alguns segundos, como se estivesse se recordando de uma lembrança dolorida.

— Todo tempo que minha mãe passava comigo ela usava para falar sobre o quanto a magia e os feiticeiros eram ruins para o nosso mundo. Era fácil acreditar quando pequeno, mas eu mal tinha completado nove anos quando entendi que uma pessoa pode dizer muitas coisas, mas o que ela faz é o que nos mostra quem ela é de verdade. — Seu tom fora misterioso.

— Você é muito bom com as palavras. Será que suas ações as acompanharão?

— Se estiver disposta a me conhecer, descobrirá.

Ao balançar a mão, Maya fizera uma cesta de piquenique surgir entre eles e lhe lançara um sorriso, aceitando o desafio.

Refletindo sobre como seria ter novamente a presença de Maya no castelo, o príncipe abriu a porta dos seus aposentos e entrou. Como alguém que apreciava o isolamento, o quarto de Adrian era um espaço simples, que refletia o seu estado de espírito.

No centro do quarto ficava uma cama grande, forrada com lençóis de linho branco. Um tapete macio e grosso se estendia pelo chão de madeira escura, proporcionando um ambiente confortável. Havia um par de poltronas macias próximas à lareira que aquecia o ambiente, tornando o espaço ainda mais acolhedor. Nas paredes, uma coleção de livros estava disposta em uma estante de madeira esculpida, indicando o gosto do príncipe pela leitura. Quando se mudou do imenso quarto que dividia com a esposa, inicialmente colocou apenas uma poltrona, mas quando Branca de Neve cresceu o suficiente para apreciar a leitura, pediu que colocassem mais uma. Não foi surpresa, para ele, quando viu Branca de Neve dormindo encolhida ali.

Com um sorriso triste, agachou-se ao lado da filha e afastou os cabelos bagunçados que caíram sobre seu rosto. Ela entreabriu os olhos com preguiça.

— Fiquei preocupada, pai. — Bocejou, sonolenta.

— Perdoe-me pelo modo como parti mais cedo — desculpou-se, beijando-lhe a testa. — Você não precisa se preocupar comigo. Eu sou o pai, lembra?

— O vovô me contou que Maya é inocente. — Ela se ajeitou na poltrona.

— Sim, ela é. — Adrian percebeu que a filha tinha muitas perguntas, mas seus olhos pesavam de sono. — Que tal você descansar e a gente conversa amanhã?

Branca de Neve concordou. Temia estar com tanto sono que não recordaria se a conversa havia sido real. Ela se levantou, apertou a capa grossa e então seguiu, acompanhada do pai, para o seu quarto, subindo as escadas ao fim do corredor.

Ao voltar para seus aposentos, Adrian despiu-se, tomou um banho e deixou o corpo cair na cama. Ao seu lado, estava uma mesa simples com uma pequena pilha de livros que o esperava para sua leitura noturna. Contudo, não conseguiria se concentrar em nada naquela noite.

Mais uma vez, seu mundo havia mudado, e ele precisava descobrir como lidar com a presença de Maya pelo castelo; precisava lidar com a culpa que sentia por não ter visto a verdade sobre a esposa e precisava descobrir um jeito de proteger o coração de Branca de Neve. Dessa vez, literalmente.

CAPÍTULO 12

Próximo à fronteira de Encantare e Dragondor ficava a imensa Floresta dos Sussurros Esquecidos. Fruto de pura magia sombria, adorava ludibriar quem por lá se aventurasse. Seus limites eram recheados de árvores belas e de animais mágicos de aparência doce e inocente.

Era possível percorrer alguns quilômetros antes que uma névoa fria surgisse, começando tênue e depois dificultando muito o percurso do visitante. Se a pessoa não conseguisse voltar pelo caminho pelo qual veio, ficava perdida, ouvindo os sussurros tenebrosos dos seus piores medos até que uma das criaturas obscuras que lá viviam a devorasse.

Se, por algum milagre, ela conseguisse chegar a salvo ao ponto em que a névoa se dissipava, encontraria as terras de Electra e seus asseclas, e seu destino estaria nas mãos deles.

Assim como tudo o que tinha consciência e habitava o mundo, a magia era composta de luz e trevas, que eram capazes de se misturar, apesar de haver alguns que preferissem apenas o que lhe beneficiasse. Ao contrário dos bruxos, os feiticeiros podiam manifestar ambas as magias, mas aqueles que protegiam os humanos durante séculos preferiam não abusar de *tenebris*, que era muito volátil. Esse tipo de magia permitia que simples mortais pudessem aprendê-la e usá-la como quisessem, desde que estivessem dispostos a pagar seu preço.

Os bruxos da Ordem de Electra escolheram ser *tenebris* havia quase três séculos e, tentando burlar o castigo final, buscavam viver para sempre, como os feiticeiros e os feéricos. Para isso, os electrianos não sentiam remorso ao usar os humanos como moeda de troca para prolongar a própria vida.

Havia um pequeno palácio envolto em mistério que brilhava em meio às sombras da floresta. Era feito de pedras acinzentadas e mármore, com colunas imponentes que sustentavam seu teto alto e majestoso. As janelas eram largas e arqueadas; apesar de desdenhar da magia *luminus*, Electra adorava ser banhada pela luz do sol da manhã. "Era bom para a pele", ela dizia.

Seus jardins eram cuidadosamente cultivados, dignos de qualquer rainha. Havia um pequeno lago de águas cristalinas lá no centro, onde cisnes vermelhos, capazes de devorar um humano em segundos, nadavam graciosamente. O interior da construção era ainda mais impressionante, com uma decoração opulenta que exalava poder e requinte.

Os bruxos que o habitavam eram conhecidos por compor a corte de Electra. Aqueles com posições mais baixas viviam uma parte do tempo em casas bem-feitas atrás do palácio e a outra parte do tempo entre os habitantes do reino, usando feitiços para que pudessem passar despercebidos enquanto teciam maldições com as quais aprisionavam humanos sem magia.

A rainha sem reino cercava-se de espelhos. Não havia nada que ela gostasse de admirar mais do que a si mesma. Não havia ninguém que ela amasse além da mulher que via refletida pelas paredes de seu palácio. Electra nunca se sentira mal por preferir a si mesma e decidir ter uma filha apenas porque ela poderia lhe ser útil.

Era do conhecimento de muitos que Merlin não desejava ter filhos. No entanto, quando Electra lhe contou que estava grávida, mesmo depois de os dois estarem separados havia meses, os olhos do feiticeiro ficaram úmidos. Ao tocar a barriga de Electra, sentiu a filha reagir a ele. Maya ocupou o coração do pai antes mesmo de colocar os pés no mundo.

Por Electra ser humana, ele não poderia levá-la, nem mesmo a filha, para viver em Avalon, a cidade encantada dos feiticeiros, a menos que ele compartilhasse a imortalidade com elas. Diferente do que Electra desejava, o compartilhamento da imortalidade não era simples como o levantar do voo de um beija-flor. Quando um feiticeiro o fazia, ele abria mão de parte dos seus poderes e de sua existência, além de haver o perigo de o humano morrer no processo. Ele amava demais a menina para arriscar perdê-la assim, apesar de saber que a vida humana era tão efêmera.

Sem saída, Electra fez o que toda pessoa que almeja o poder supremo acima de tudo faria em seu lugar e usou a arma de que dispunha: a vida da filha.

A bruxa colocou Maya em uma situação entre a vida e a morte, fazendo com que a única forma de o pai curá-la fosse compartilhando sua imortalidade. O que Electra não imaginava era que a filha seria tão ingrata a ponto de lhe virar as costas, e não compartilhar o dom com ela. E agora a menina se transformara em um problema para ela resolver. De novo.

— Devo matar seu mensageiro, Malakai? — Electra tamborilava as unhas no braço de seu majestoso trono vermelho. Qualquer que fosse o teor da mensagem, sabendo que o assunto era Maya, não seria coisa boa.

O homem a olhou de soslaio enquanto se esparramava na poltrona à sua frente.

— Se quiser atrapalhar seus planos e me forçar a reorganizá-los novamente, mate-o — ele respondeu, erguendo-se devagar.

— Não sei por que ainda tolero você. — O tom foi de desdém.

Em resposta, ele apenas deu um meio sorriso, ciente de que ela sabia muito bem por que o tolerava. Malakai puxou a mesinha de centro com os pés para colocá-los em cima.

Ele era mais um dos casos raros em que um feiticeiro compartilhara sua imortalidade para salvar o filho, mas diferente de Merlin e Maya, quem salvou a vida de Malakai precisou abrir mão de todo o poder para isso, e perecera naquele mesmo dia.

Malakai não gostava de usar magia, por mais que Electra tentasse convencê-lo a usar *tenebris*, mas tinha força sobre-humana e era um exímio guerreiro. Seus cabelos eram mantidos raspados, e os olhos escuros, às vezes, tinham um brilho dourado. O corpo era musculoso e a pele marrom mantinha-se aveludada, apesar de apreciar muito o trabalho braçal ao ar livre. Ele não se importava com o desejo dos bruxos por mais poder. Não era o que cobiçava. O que Malakai queria era vingança.

Electra se irritava por saber que Malakai conseguiria manter a juventude sem pagar preço algum. Infelizmente, para ela era complicado: precisava de corações humanos, que valiam apenas se fossem puros ou viessem de um grande sacrifício. Entretanto, sua magia durava poucos meses, e a batalha por encontrá-los se reiniciava. Sem contar que ela sabia que se matasse quantos queria, como faziam os bruxos que se tornaram seres da noite, tentariam caçá-la e eliminá-la. Electra quase não chamava atenção para si, mas isso foi até a morte da princesa Sarah. Precisara daquilo não apenas para alimentar seu poder, mas para testar o sangue e confirmar que, como descobrira, Branca de Neve seria a resposta para seus problemas.

O mensageiro de Malakai, de quem Electra não se importava saber o nome, finalmente entrou na sala de reunião, ofegante.

— Diga. — A bruxa apertou a cabeça, sentindo o sangue começar a ferver.

— Maya está de volta ao castelo.

O nome da filha queimou em seus ouvidos e fez os olhos de Malakai brilharem.

— O que mais?

— Não há mais. Ela teve uma audiência com o rei, mas a corte não foi informada oficialmente de sua presença. Todos pensam que ela partiu para vingar a morte de Sarah, então comemorarão o seu retorno. Eles não se esqueceram de que Maya é a herdeira de Merlin.

— E o príncipe?

— Abalado. Não acredito que ele conseguirá matá-la.

Electra tivera muito trabalho tramando a morte de Sarah para que ela servisse também para a derrocada de Maya. Era óbvio que a feiticeira a mataria para proteger o príncipe e Branca de Neve, apesar de não poder evitar a maldição para sempre. Electra pensou que tinha dado sorte pela filha nunca ter voltado a cair nas graças do rei e do príncipe. Esquecera-se de que bruxas não tinham sorte, bruxas faziam o próprio destino.

Quando mais jovem, diferente do que todos pensavam, Electra chegara de fato a se apaixonar por Merlin, mas amava ainda mais ser poderosa. Em uma conversa com o feiticeiro, ela expôs o receio de que a filha dos dois não fosse bem-vista, afinal, seria uma feiticeira e uma bruxa. Acreditando em sua preocupação, Merlin lhe assegurou que tivera um sonho: em um futuro, que ele não sabia dizer quando, nasceria uma princesa cujo coração puro seria capaz de grandes feitos. A princesa teria uma ligação com Maya, mas ele não conseguira ver qual. Essa princesa conseguiria firmar a paz completa entre bruxos e feiticeiros, além de ser uma chave para outros mundos.

Paciência não era o ponto forte da personalidade de Electra, mas ela esperou e esperou. Quando ouvira de um de seus mensageiros que a esposa do príncipe estava procurando uma bruxa que a ajudasse a engravidar, Electra sorriu. Existiria ligação maior com Maya do que um bebê nascido a partir de um feitiço de Electra? O mundo tinha uma forma peculiar de girar e encaixar suas peças nos lugares mais inesperados.

Ela se levantou devagar, e o vestido verde foi se ajustando ao seu corpo. Os cachos dourados lhe caíram até a cintura. Não estavam mais tão reluzentes. Marcas de expressão começavam a surgir em seu rosto perfeito. O poder do último coração estava chegando ao fim. Deu um passo para a frente e afundou as unhas no ombro de Malakai, que não demonstrou nenhum sinal de dor nem quando ela perfurou cada camada de pele e músculo.

— Sei o que fazer — ele respondeu antes de sair.

CAPÍTULO 13

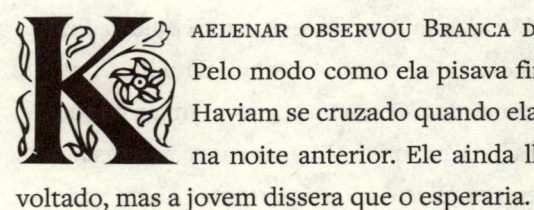

Kaelenar observou Branca de Neve vindo em sua direção. Pelo modo como ela pisava firme, soube que estava frustrada. Haviam se cruzado quando ela subira para os aposentos do pai, na noite anterior. Ele ainda lhe avisara que Adrian não havia voltado, mas a jovem dissera que o esperaria.

— Continuo sem novidades. — Ele ergueu as mãos.

— Eu dormi enquanto esperava meu pai e quando ele chegou — sua expressão tornou-se triste —, parecia desolado. Deixei para hoje. Quando fui procurá-lo, os guardas disseram que ele estava em audiência com o meu avô.

— Foi uma solicitação expressa do rei.

— Você não deveria estar na audiência?

— Não sou confidente do rei. — Kaelenar foi firme. Se não se portasse assim, Branca de Neve continuaria fazendo o que sempre fazia com limites: ignoraria. — Não preciso saber de todos os assuntos.

— Meu avô não deveria deixar o resto do conselho de fora.

— Você está sugerindo que sabe mais do que o rei sobre como governar? — Kaelenar se incomodou com o rumo que a conversa estava tomando. — Sabe que a realidade não é como a dos livros que você tem lido em que pessoas da sua idade são superpoderosas e sabem mais do que todos que estão à volta delas, não é?

— Sei. — Estava contrariada. Sem resistir, acrescentou: — Pessoas da minha idade também governam, Kae.

— Eu sei. — Ele abrandou o tom. — Há reis e rainhas ainda mais novos que você, mas não acredite que a vida deles seja fácil por isso. Qualquer pessoa, seja criança, jovem ou adulta, que acredita saber mais que todos os outros é um perigo. Reinos caem assim. Você governará um dia, precisa estar preparada.

— Eu não sei mais do que todo mundo, mas queria muito saber o que está acontecendo — Branca de Neve admitiu.

— Então é pela fofoca? — ele zombou, buscando atenuar o tom da conversa.

— Agora é você que precisa saber que pessoas da minha idade não gostam só de fofocar. — Ela cruzou os braços.

— Então você assume que gosta. — Ela franziu o nariz, balançando a cabeça para o feiticeiro. — Estou provocando você, Branca de Neve. Afinal, quem não gosta de uma boa fofoca? — Ele a empurrou de leve com o ombro, fazendo-a sorrir. — E não menosprezo os mais jovens. Ao longo da vida, vi reis e rainhas muito jovens tendo que tomar decisões que se provaram as melhores possíveis, mas também vi o resultado das piores. Ninguém acerta todas as vezes, por isso estar rodeado de pessoas leais é tão importante. Ainda mais se o governante estiver aberto a ser humilde e ouvi-las. Seu avô é um bom rei porque está realmente ouvindo os outros. Isso, às vezes, é um dom maior do que a magia. Inclusive, em breve, você terá um feiticeiro juramentado, então lembre-se de ouvir seus conselhos. Ele já está no castelo, mas fica me evitando, então ainda não consegui apresentar vocês dois.

Branca de Neve revirou os olhos. Havia vários feiticeiros que ela não conhecia andando pelo castelo. Eles haviam chegado com Merlina. Procurou espioná-los, mas era difícil chegar furtivamente perto de alguém que podia sentir sua presença.

— Falando em feiticeiros, já soube sobre Maya? — Branca de Neve falou baixo, tomando o cuidado de verificar se havia alguém por perto.

— O que eu deveria saber especificamente? — Ele manteve o tom dela.

— Ela não matou a minha mãe. — Kaelenar ficou em silêncio, apenas ouvindo. — Eles usaram um *mentallus* — ela sussurrou.

O feiticeiro, que nunca acreditara que Maya fosse culpada, tocou o braço da princesa.

— Tenho uma reunião com seu pai mais tarde e pedirei para que ele converse com você. Como está se sentindo com essa nova informação? — Kaelenar colocou as mãos para trás e observou um grupo de guardas passar, só então a garota voltou a falar.

— Eu não me lembro de Maya, mas quando sentia raiva por minha mãe ter sido arrancada de mim, era nela que eu pensava. Era muita raiva, então não sei como lidar. Antes dela, eu nem me lembro de me sentir assim.

Branca de Neve rondava os corredores para descobrir um meio de escutar sorrateiramente a conversa na sala do trono. Não adiantaria tentar convencer os guardas, era como se eles tivessem recebido ordens específicas para não a deixarem passar.

A única alternativa em que conseguiu pensar foi passar pelos corredores secretos, mas prometera ao avô que não os usaria mais para espionar, e não duvidava de que ele tivesse ordenado que montassem guarda perto das entradas secretas. E se ela se arriscasse pelo lado de fora?

Apressada, subiu as escadas até seu quarto e olhou para o vestido azul e amarelo que usava. Não poderia ir assim. Os botões das costas lhe deram um pouco de trabalho para se despir sozinha, inclusive ouviu alguns deles se soltando e voando pelos ares. Mas conseguiu se trocar, vestindo uma das calças de couro que usava para treinar e uma túnica branca. Prendeu o cabelo e saiu do quarto. Passou correndo pelos guardas, ignorando-os, e desceu até o escritório do pai.

Daquela janela, precisaria escalar apenas um andar. Seria fácil. Nunca caíra daquele trajeto. Não tinha completado nem dez anos quando fizera a peripécia pela primeira vez.

O pai e o avô ameaçaram colocar grades em todas as janelas do castelo se ela fizesse aquilo de novo. Depois, Dandara sugeriu que ela a treinasse e Kaelenar ficasse na retaguarda, atento à princesa para salvá-la ao menor deslize. Decidida, foi em direção à janela, cuja cortina ficava aberta pela manhã, e analisou a rota.

— Eu consigo! — sussurrou para si mesma e passou uma perna pelo parapeito, depois a outra.

— Gostei da confiança e queria vê-la tentando, princesa, mas não será hoje. Minhas ordens são contrárias à sua vontade.

Branca de Neve conteve um grito de surpresa ao ouvir a voz e se segurou com mais firmeza ao batente. Não havia ninguém ali quando verificara, mas agora, sentada sobre a murada do lado esquerdo e espreguiçando-se como uma gata, estava uma feiticeira de cabelos tão azuis quanto o mar em uma tarde de verão.

— Eu não recebo ordens. — Branca de Neve empinou o nariz e começou sua jornada, caminhando vagarosamente pelo lado direito.

— Recomendarei ao rei que a envie de volta para as aulas de interpretação. Eu recebi as ordens, não você. — A outra deu um saltinho para a mureta e começou a caminhar na direção da garota, que a ignorava ao seguir adiante com cuidado. — Você não precisa seguir a minha ordem, porque não dei nenhuma.

— Então estamos de acordo. Você não dá ordens, e eu não as sigo. — Estava quase chegando à parte em que teria que se agachar para começar a descer. — A menos que queira me acompanhar até lá embaixo, vá procurar o que fazer.

— Seria um prazer acompanhá-la, se eu fosse te deixar descer. É a primeira vez que conheço uma humana sem poderes que pensa que pode voar. É intrigante.

— Ha! Ha! — Branca de Neve zombou, abaixando-se e preparando-se para encaixar a ponta do pé na fenda entre as pedras abaixo. — Tola é a mulher que depende de magia.

— Você diz isso porque não tem magia, princesa. — Ela deu de ombros. — E eu avisei: não a deixarei descer.

Apesar de pretender ignorá-la, Branca de Neve considerou uma ironia que a feiticeira dissesse aquilo enquanto ela continuava descendo livremente. Em alguns minutos, chegaria à sacada da sala do trono. A menina ergueu a cabeça para lhe lançar um olhar cínico antes de perguntar:

— E pretende fazer o que para me impedir?

— Eu estava torcendo para que perguntasse. — A feiticeira abriu um sorriso vitorioso, então abaixou-se na direção da princesa, tocou sua mão e ambas sumiram em uma explosão de névoa.

CAPÍTULO 14

A NÉVOA LILÁS TINHA UM AROMA LEVE QUE EVOCAVA LEMBRANÇAS de momentos felizes. Confusa, Branca de Neve percebeu que estava de novo em seu quarto e sendo segurada por alguém. Sem hesitar, empurrou a feiticeira.

— Quem lhe deu o direito de me transportar? — Estava exasperada.

— Eu mesma. Nox, feiticeira da Ordem de Merlin, recentemente transferida para o setor de proteção, contra a minha vontade. — Ela puxou a manga da túnica e mostrou a fênix lilás tatuada no antebraço e estendeu a mão para Branca de Neve, que nem olhou para a tatuagem que se mexia. Nox revirou os olhos antes de fazer uma reverência. — Vossa Alteza.

Branca de Neve nem se deu ao trabalho de responder. Passou pela feiticeira e disparou para a porta do quarto, e, num instante, estava de volta ao lado da cama. Revoltada, tentou outra vez, e voltou para o mesmo lugar.

— Posso ficar nessa o dia todo. — Nox cobriu um bocejo. — Deve ser por isso que me delegaram para você. Sou a melhor na prática do transporte, e você dá trabalho.

— Mas que... — Branca de Neve soltou um palavrão, causando uma expressão de espanto fingido na feiticeira.

— Princesa, você beija seu rei com essa boca? — Nox se encostou em uma das pilastras da cama com dossel e cruzou os braços.

— Espere até ele saber que você está mantendo a neta dele cativa.

— Não seja dramática. Você não está proibida de sair, apenas não pode espiar reuniões que não são da sua conta. Aposto que o rei adoraria saber disso, já que foi ele quem solicitou minha transferência.

As duas se analisaram. Os olhares se desafiando. Branca de Neve estava inconformada por ter seus planos frustrados, e Nox provavelmente estivesse aborrecida por ter sido reduzida a babá de princesa.

— Você é irritante. — Branca de Neve se rendeu, deitando-se de costas na cama.

— Obrigada.

Com certa relutância, a princesa reconheceu que a feiticeira não estava lá para feri-la, afinal, não fizera nada que pudesse arriscar sua integridade física. Pelo contrário, interrompera um risco em que ela se colocara.

Enquanto Nox ia em direção à poltrona perto da janela, Branca de Neve viu a outra dar uma boa olhada ao redor. As paredes eram de um azul suave, combinando perfeitamente com os móveis em tons pastel. O teto alto era adornado com uma linda claraboia, deixando a luz natural iluminar o ambiente.

— A legítima princesa no alto da torre — murmurou para si mesma.

No centro do quarto havia uma cama majestosa, com dossel de tecido suave e rendado. A roupa de cama era macia, com lençóis de seda e travesseiros de plumas brancas. Ao lado estava a mesinha de cabeceira esculpida à mão que abrigava uma pequena lamparina de cristal.

Do outro lado do quarto, uma lareira de mármore branco mantinha o ambiente quentinho e confortável. Ao redor dela havia um conjunto de poltronas e um sofá, e na parede, uma estante de livros.

— Tantas histórias de amor. O coração bate mais forte por alguém, princesa?

Silêncio. Branca de Neve não pretendia dar nenhuma informação. Esperava conversar com o avô após a audiência. Não poderia contar exatamente o que foi impedida de fazer, mas gostaria de entender por que uma feiticeira fora colocada para vigiá-la. Não bastavam todos os guardas do palácio e o tal feiticeiro juramentado que ela seria obrigada a aceitar?

— Um quarto digno de uma princesa de contos de fadas, como as dos seus livros. — Nox sentou-se na poltrona e cruzou as pernas.

— Você vai embora se eu prometer que não tentarei mais escalar o castelo? Hoje. — Ela tratou de acrescentar.

— Não.

Era a vez de Nox assumir o controle da situação, e ela não estava com paciência para choramingos de princesa. Não que Branca de Neve estivesse fazendo isso, mas era melhor ser sucinta do que abrir espaço para mais uma porção de perguntas que não queria nem tinha permissão para responder.

Havia séculos que os feiticeiros da Ordem de Merlin protegiam os Pendragon, mas era a primeira vez de Nox na função, e já odiava. Aquele papel deveria ser de Lince, se Maya não tivesse feito tudo errado.

⁂

Enquanto Branca de Neve era impedida de escutar a conversa alheia, Adrian e Maya evitavam cruzar olhares na reunião que o rei convocara com Merlina, Dandara, Akemi e Kaelenar, que fora o último a chegar.

O prazo de Electra estava se esgotando. Em breve, Branca de Neve faria dezoito anos, e eles ainda não haviam descoberto um meio de quebrar a maldição. Apesar da luz do sol que entrava pela janela, o clima na sala não era dos mais agradáveis.

— E se Branca de Neve for embora do reino outra vez? — O rei trouxe o assunto à mesa novamente. — Foi a decisão original antes de Adrian decidir buscá-la.

— Isso nunca dá certo — Dandara explicou, fazendo um mapa se abrir no ar. — Os pontos vermelhos indicam príncipes e princesas que os pais insistiram em mandar para longe, na tentativa de fugir de uma maldição. Em cada caso, a maldição não apenas os encontrou, como mais da metade deles foi atingido mortalmente. Podemos contar nos dedos quantos escaparam ilesos e, mesmo esses, ficaram adormecidos por dezenas de anos. Alguns estão adormecidos até hoje. É muito mais fácil manipular *tenebris* do que *luminus*. Não é à toa que quem almeja mais poder recorre a ela, pois suas maldições são difíceis de quebrar.

— Uma maldição sempre encontra seu alvo — Merlina confirmou. — Electra sabia o que estava fazendo. Se a afastarmos para outro lugar no reino, mais cedo ou mais tarde, ela será atraída, como aconteceu com a princesa Aurora, mas, ao contrário de Aurora, a maldição de Branca de Neve é a morte. Se a entregarmos, Electra a poupará e sabe a deusa que planos terá para ela. Se não a entregarmos... — Ela lançou um olhar para Adrian, que morreria no lugar da filha.

— E o filho do rei Ban, de Benoíc? O príncipe Lancelot. — O rei apontou para o pequeno país que antes ficava na fronteira de Encantare. — Ele está vivo, não está?

— Sim, o sobrinho de Sarah está vivo, apesar de ter abdicado do trono. — Merlina causou um constrangimento geral ao mencionar o nome de Sarah. — Toda a família do rapaz está morta, Mirthan, e não sobrou pedra sobre pedra em seu reino. Tal fato não deixa de ser uma maldição. Lilibeth, a princesa das fadas, usou uma contramaldição e o tornou imune à magia para mantê-lo seguro.

— Mas ele está vivo, não está? — o rei insistiu.

— Está, mas ele é imune à magia. Merlin o teria enviado para cá em um estalar de dedos se pudesse. — Dandara retomou o assunto, franzindo a testa ao compreender o que o rei estava dizendo. — Somente as filhas de Eris podem tornar alguém imune à magia. Lilibeth atravessou com o príncipe ainda bebê pelo antigo portal no reino das fadas que, como sabemos, foi destruído antes da morte de Eris. O portal sob o castelo foi selado por Merlin. Tentar abri-lo vai contra tudo o que nossa ordem lutou para proteger. Muita magia já escapou desse mundo para o outro, e mesmo que houvesse uma forma de enviar Branca de Neve...

A feiticeira se conteve antes de dizer que o que o rei sugeria era loucura e buscou os olhos de Kaelenar, procurando o apoio do irmão. Mas antes que qualquer um dos feiticeiros pudesse retomar a palavra, Adrian disse, decidido:

— Eu não enviarei minha filha para um mundo do qual ela nunca mais poderá retornar.

— Não prefere que ela esteja viva? — Mirthan respondeu, irritado.

O príncipe trincou os dentes. Ele mesmo daria a vida por ela se necessário; mas não poderia permitir que a filha fosse levada para um lugar ao qual ela não gostaria de ir sem poder voltar. Mesmo que tivessem certeza de sua segurança, Adrian não poderia permitir que a exilassem sem que ela soubesse e concordasse com isso. Ninguém ali tinha esse direito.

— Prefiro que ela possa fazer as próprias escolhas quanto ao próprio destino, majestade. — A frieza que Adrian usou para se referir às obrigações com que a realeza nascia transpareceu.

— Há um preço a se pagar pelo direito ao trono, Adrian. Eu paguei, você pagou e, por mais que eu queira protegê-la, Branca de Neve terá que pagá-lo em algum momento. — O rei procurou manter o tom o mais neutro possível. Adrian sabia que o irritava quando demonstrava tanto desprezo pela coroa.

— Quero o melhor para a minha filha, e isso inclui dar a minha vida pela dela, mas não a obrigarei a nada. Branca de Neve servirá ao reino, como eu, mas ela será a única a ter poder de decisão sobre algo tão grandioso — ele continuou, sob o olhar sério do rei.

Por terem começado a conviver um com o outro somente quando Adrian já era adulto, pai e filho nunca chegaram a ser próximos o suficiente para se compreenderem. Adrian cumpria com suas obrigações, como fez ao se casar com uma pessoa escolhida pelo rei, mas não permitiria que Branca de Neve tivesse o mesmo destino. Se Mirthan insistisse, ele faria o que fosse para impedir que a filha se tornasse alguém cujas próprias decisões lhe são tomadas.

Maya observava em silêncio o duelo entre pai e filho. O que Mirthan sentia por Adrian era mais complexo, e remontava ao seu casamento com Elena. O casal mal se tolerava e, depois que o príncipe nasceu, passaram a se odiar. Assim como aconteceu com Adrian, Mirthan não gostava do fardo de usar a coroa e precisou abdicar do amor por causa do trono.

Contudo, ao contrário do príncipe e da feiticeira, que preferiram se afastar depois do casamento real, Mirthan seguiu vivendo esse amor em segredo, que inclusive gerou fruto. O problema era que nada se mantinha oculto por muito tempo. No dia do nascimento de Adrian, a rainha Elena disse que tinha um presente para o rei: um enorme baú que fora trazido ao castelo naquela madrugada. Quando o rei o abriu, encontrou embalsamados os corpos de sua amante e de seu filho nascido havia um mês.

"Apenas quem for gerado por mim será seu herdeiro", ela dissera em tom de escárnio. Faltara pouco para que Mirthan a matasse, e o teria feito sem remorsos se aquele assassinato não desencadeasse uma guerra. A rainha se resguardara e enviara ao pai uma carta contando a traição do marido.

Sem saída, o rei baniu a esposa e o próprio filho de Encantare. A partida dos dois teria acontecido de qualquer forma, pois Elena queria manter Adrian longe da magia. Os feiticeiros tentaram intervir, mas o ódio que crescia em Mirthan era tamanho que era melhor que Adrian fosse mantido longe dele.

A convivência não melhorou quando o príncipe retornou após a morte da mãe. Por mais que quisesse negar até para si mesmo, havia um lado seu que sentiu prazer em obrigar Adrian a se casar sem amor, da mesma forma que fora obrigado. Se ele tivera que abdicar da própria felicidade para manter a coroa, que o filho também o fizesse.

Mas quando Branca de Neve nasceu, tudo mudou. A pequena bebê era como uma luz no coração escuro de pai e filho. Mesmo após a morte de Sarah, a existência da menina conseguiu aproximá-los um pouco, mas agora poderia separá-los de vez se o rei insistisse em decidir seu destino.

— Não sabemos se ela permanecerá viva se a enviarmos para longe. Eu não arriscaria a vida dela — Maya falou e, pela primeira vez, seu olhar se cruzou com o do príncipe, o que não passou despercebido ao rei.

Uma atmosfera carregada de tensão e expectativa os envolvia. O príncipe, com os olhos ainda refletindo a tormenta que agitava sua alma, permaneceu em silêncio enquanto acenava discretamente com a cabeça para Maya, agradecendo o apoio.

As vozes dos feiticeiros voltaram a preencher o espaço, com discussões sobre proteção e estratégias. Foi então que uma ressoou, baixa e convicta:

— Precisamos falar sobre Maya ser a responsável pela aliança — disse Akemi.

O silêncio cortou o ambiente enquanto os feiticeiros trocavam olhares, analisando o novo dilema que se apresentava. Tirando Maya e Adrian, não era um debate novo para eles.

— Explique — o príncipe respondeu, incomodado por não saber do assunto antes.

Merlina suspirou e encarou a sobrinha por um instante, em um pedido mudo de desculpa. E explicou:

— Desde que Merlin partiu, temos estudado seus livros e diários. Nem todos se permitem ser lidos, é claro, mas recentemente Akemi encontrou uma informação importante em um dos livros que entreguei a ele. Antes de atravessar para o mundo sem magia, Merlin transferiu o poder da aliança para Maya. Isso significa que ela pode desfazê-la.

— Sozinha? — Adrian ajeitou-se na cadeira. Ele reconhecia a inocência dela e se sentia culpado por tê-la julgado, mas não sabia quais eram seus planos a partir dali. — Foi uma aliança entre duas partes, certo?

— Sim — o rei confirmou. — Maya representa Merlin. Acreditamos que Electra queira usar Branca de Neve como a outra parte.

— Mesmo que ela ainda não seja rainha, pode ser que esse fosse o plano de Electra o tempo todo ao envolver a princesa na maldição. — Merlina declarou, apertando a mão gelada de Maya.

— Para que Branca de Neve possa quebrar a aliança, Mirthan e Adrian precisam estar mortos — Maya constatou, empalidecendo. — Eu não pretendo romper a aliança e duvido que Branca de Neve queira, mas...

— Se não conseguirmos quebrar a maldição, Branca de Neve pertencerá a Electra.

— Branca de Neve não pode pertencer a Electra por uma escolha de Sarah. — A raiva do príncipe agora era direcionada à falecida esposa. — Filhos não são uma propriedade que decidimos como barganhar.

— Seria ótimo se fosse assim, mas há uma linha tênue quando falamos da realeza — Kaelenar explicou. — Vocês tratam seus filhos como propriedade. Todos vocês pertencem ao reino por conta do governo, mas é um costume humano acreditar que são donos dos filhos.

— Um costume que meu pai pareceu adotar quando selou a aliança e prendeu a todos nós. — Maya balançou a cabeça, inconformada.

— Não há como negar. — As palavras de Merlina ecoaram pela sala. — Em teoria, Branca de Neve pertencia a Sarah, e está prestes a pertencer a Electra.

— Isso quer dizer que nós nunca tivemos chance de impedir que minha neta fosse entregue àquela mulher? — o rei perguntou, compreendendo o que foi dito.

— Não. Isso quer dizer que Electra não quer apenas Branca de Neve. Ela quer acabar com a aliança e com a forma como protegemos a magia — Dandara explicou. — Merlin foi para o mundo sem magia para proteger o portal pelo outro lado, enquanto nós ficamos aqui para fazer o mesmo. Um portal nunca é apenas uma passagem de um lugar para o outro. O centro deles possui magia dos deuses em sua forma mais pura. O caos recairá pelo universo se um bruxo *tenebris* tiver acesso a um poder assim.

Os feiticeiros nunca quiseram tratar a situação como se fosse em defesa do reino e da magia, porque, para eles, salvar Branca de Neve era uma decisão pessoal. Uma que não era baseada em um juramento que Merlin obrigara toda a Ordem a fazer, mas no amor genuíno que sentiam pela menina desde o seu nascimento. Porém Electra parecia ter um propósito maior, e eles precisavam minar qualquer chance que ela tivesse de acessar o portal.

Ao fim da reunião, Adrian levantou-se com brusquidão e foi até a janela. A cadeira teria caído para trás se não tivesse sido contida pela magia de Kaelenar. Não bastasse descobrir a verdade e ter que conviver com a culpa por tudo o que fizera Maya passar, parecia que não lhe restava alternativa a não ser esperar impotentemente que a bruxa viesse buscar Branca de Neve.

Saber que estava sendo observado por aqueles que ainda estavam na sala o incomodava, mas assim era sua vida: sempre observado, cobrado, dominado. Prometera a si mesmo que a filha nunca seria um produto da coroa, mas Sarah a tornara algo ainda pior.

Devastado, Adrian virou-se e caminhou a passos largos até Maya, que se preparava para deixar o cômodo. O príncipe tocou seu cotovelo com leveza, quase como se não quisesse de fato fazer aquilo, e ela o encarou, perdendo-se em seus olhos enigmáticos por um longo instante antes de murmurar as palavras:

— Sei que não estou em posição de pedir nada a você, mas preciso que me prometa que, se a hora chegar, assim como fez da outra vez, não entregue Branca de Neve.

As palavras não precisavam ser ditas. As entrelinhas eram transparentes como a água da cachoeira que marcava suas lembranças. Maya olhou para baixo, incapaz de encarar Adrian. Como se nem o tempo e a distância nem a injustiça do exílio foram capazes de acabar com o amor que a feiticeira sentia pelo príncipe. Tornando a fitá-lo, ela afirmou:

— Encontrarei um jeito de quebrar a maldição.

Os olhos de Adrian se iluminaram e se entristeceram em um instante. Depois de tudo o que fizera, Maya ainda o amava. Em outro momento, a par da verdade de que agora tem conhecimento, ele se emocionaria e faria o que estivesse a seu alcance para compensá-la pelo passado e ser merecedor do amor dela... uma pessoa a quem tanto feriu. Porém, agora esse amor colocaria a vida da filha em perigo, e ele não estava disposto a correr o risco.

Distanciando-se de Maya como se tivesse levado um choque, Adrian se afastou sem deixar de notar que o pai o observava, reflexivo.

CAPÍTULO 15

— Lá está ela. — Branca de Neve tentou ser discreta ao apontar com o queixo para Nox, que estava parada perto da parede repleta de ornamentos do outro lado do salão.

Kaelenar não foi muito discreto quando se virou e recebeu um aceno da feiticeira que conhecia havia séculos.

— Ei, Nox! — O capitão da guarda retribuiu o cumprimento.

— Kae! — Branca de Neve lhe deu um cutucão.

— Não tinha como fingir que não a vi. — Ele riu, percebendo o ruborizar da princesa ao guiá-la até a mesa principal.

Ao chegar da patrulha, Branca de Neve o atualizou de tudo o que acontecera no castelo em sua ausência, incluindo sua ideia inconsequente de escalar o castelo.

— Você sabe que nós não gostamos dela, não sabe? — Branca de Neve fez careta.

— Ah, não?

— Não gostamos, Kaelenar. — Branca de Neve foi firme. — Quer dizer, não sou mais criança, e você é livre para gostar de alguém insuportável.

— Se eu fosse você, não tomaria nenhuma decisão tão radical.

Branca de Neve assentiu, fingindo não perceber o olhar de Nox fixado nela.

Ao olhar para o céu noturno, Maya não viu nenhuma estrela. As nuvens as encobriam. Mais tarde, choveria. A copa das árvores balançava, recebendo o aumento da força do vento de bom grado. Os sons acalmavam a feiticeira, que precisava se ajustar à rápida mudança na sua vida. O aroma das folhas lhe dava a sensação de segurança, como quando se mantinha escondida com Lince.

Passara quase duas décadas escondida e sendo protegida pela natureza. Sentia falta do lar que construíra com o primo, mas também sentia falta do castelo a cada noite que passou fora.

Também sentia falta do pai. Merlin era conhecido por sua intransigência no que se referia a cuidar dos Pendragon, mas Maya o tocara em um lugar tão sensível ao nascer que sua quase morte fez com que ele a imortalizasse. Ela sabia que era com isso que a mãe se ressentia. Não por Merlin amar mais a filha, mas por dar a ela tudo o que Electra queria para si.

Uma batida à porta a fez se virar. Estava pronta para o jantar e lhe avisaram que alguém viria buscá-la.

— Entre — pediu ao se virar para dar uma última olhada na noite.

Adrian abriu a porta e a fechou ao passar, cruzando olhares com Maya. Ela estava bem diferente da feiticeira ferida que trouxera ao castelo; uma ferida que ele mesmo infligira. Talvez mais parecida com a imagem que ele passara anos tentando odiar. Quando ela se afastou da janela, o vestido longo de seda acinzentada acompanhou o movimento, atraindo a luz.

A peça tinha um brilho sutil, e era ajustada ao corpo até a cintura, acentuando suas curvas e se abrindo em uma saia rodada que caía até o chão. O decote em V tinha detalhes em renda que parecia ter sido tecida pelas mãos de uma fada. Ela não usava nenhuma joia, a não ser o pequeno colar de prata com uma pedra preciosa cinza-chumbo que brilhava com a mesma cor de seus olhos quando estava preocupada. Os cabelos estavam soltos, levemente ondulados.

— Perdoe-me. — Adrian prendeu-se ao olhar penetrante dela.

— Pelo quê? — Por mais que ela entendesse que ele fora testemunha da morte de Sarah e aquilo faria com que qualquer um a considerasse culpada, a feiticeira não iria facilitar.

Adrian tinha ido até lá para pedir perdão, mas ao entrar e vê-la parada ali, não soube como agir. O que poderia dizer depois da forma como a tratara?

Como começar a se redimir? Ele queria salvar a filha, e seu pedido de perdão soaria tão falso. Ele não merecia perdão algum.

A paciência com que ela o aguardava terminar só lhe causou mais nervosismo. Era uma reação tão rara para o príncipe que ele chegava a se sentir constrangido. Sabia que por trás daquela expressão impassível havia uma mulher que devia odiá-lo, mas que ainda o amava.

A feiticeira tocou o ombro por cima do vestido, bem no ponto em que ele havia lhe acertado uma flecha, e passou os dedos pela manga longa até apertar o lugar em que os braceletes que a proibiam de usar magia estiveram. A culpa corroeu Adrian.

O magnetismo entre os dois era forte para que se atraíssem, mas suas emoções contraditórias faziam com que não soubessem lidar um com o outro. O passado teria solução?

— Nós temos que ir agora, mas, se concordar, eu gostaria de falar com você mais tarde. — Adrian ofereceu o braço, e estremeceu quando ela o aceitou e concordou.

Maya virou a cabeça para o outro lado e, antes de sair do quarto, viu o espelho piscar para ela.

CAPÍTULO 16

A corte lidou muito bem com a volta de Maya. Pelos cochichos repassados pelo salão, a maioria acreditava que a feiticeira partira para buscar o assassino da amada princesa Sarah. Com sua volta, eles se sentiam animados e gratos.

Também não havia passado despercebido aos súditos reais que tinha sido o príncipe Adrian quem acompanhara Maya e a colocara ao seu lado, na mesa real. Era comum que feiticeiros se sentassem junto à realeza, mas era incomum ver Adrian à vontade entre eles depois da morte de Sarah.

Todos estavam interessados em acompanhar a reação da princesa. Branca de Neve parecia tranquila quando cumprimentou Maya e trocara algumas palavras com ela.

— Todos ficaram felizes com a volta da sua amiga, Kae. — Branca de Neve percorria o salão à procura de Nox, mas não assumiria o fato nem sob tortura. — Você viu como meu pai e Maya se esforçavam para mostrar que estavam à vontade um com o outro?

Sem compreender como, Branca de Neve se lembrava de Maya. Não disse a ninguém, já que devia estar enganada. Era impossível que se lembrasse da feiticeira, que estava exilada desde que ela era um bebê.

— É cedo para afirmarmos o que quer que seja, Branca.

— Acha que ela o perdoará?

— Sim, perdoará. — Ele nem sequer titubeou.

— Como tem tanta certeza?

— Quando se vive tanto tempo como nós, nos tornamos muito bons em perdoar ou em guardar rancor.

As pessoas se dirigiam ao centro do salão, e a música tocava como se as convidasse. Tudo parecia igual. Por um instante, imaginou a mãe dançando. Mesmo sem lembranças, conhecia sua aparência por três pinturas e porque todos lhe diziam que elas se pareciam.

— Se estiver se perguntando, sou daquelas que guarda rancor. — Nox falou baixo, perto do ouvido de Branca de Neve, que se sobressaltou.

— Eu não desperdiço meus pensamentos com você. — A princesa precisou se conter para não revirar os olhos.

— Está mentindo, alteza.

— Como você pode ser tão convencida? — Branca de Neve não resistiu.

— Com muito treino e dedicação. — Nox deu de ombros e se virou para Kaelenar. — Como vai, Kae? — Se não havia como resolver a antipatia à primeira vista entre Branca de Neve e ela, precisaria da ajuda do outro feiticeiro para evitar mais problemas do que o esperado.

Os dois feiticeiros trocaram algumas palavras amigáveis, e a princesa voltou a sentir a atenção de Nox voltando-se para ela.

— Ainda não tive tempo de falar com meu avô, mas comunicarei a ele assim que possível que não quero ser vigiada por você. — Branca de Neve manteve os olhos no salão.

— Você é livre, princesa.

— Se sou livre, por que você não desaparece?

— Você é livre para comunicar ao seu rei sua insatisfação — a feiticeira explicou, sem emoção.

— Pretende ficar muito tempo no castelo?

— Nem pretendia estar aqui.

— Ótimo. Facilitará muito as coisas.

Kaelenar avisou que tinha trabalho a fazer e se afastou antes que qualquer uma delas pudesse argumentar.

Percebendo que ninguém se aproximava da princesa para tirá-la para dançar, Nox assentiu para Branca de Neve, que estava muito perto de se decepcionar se pensava que seria fácil se livrar da proteção.

— Por que não está dançando? — Nox perguntou. Em todos os reinos que estivera, sempre havia uma fila de rapazes para dançar com a princesa. — Por que eles não a tiram para dançar?

— Porque eu não quero, e eles sabem que não quero.

— Não aprendeu a dançar?

— Minha neta dança primorosamente — o rei respondeu em lugar da garota. — Ela não está mentindo sobre não querer. Esse é o único motivo para que não esteja rodopiando pelo salão. Ela nos dá o prazer de vê-la se movimentando como uma bailarina apenas se tivermos uma diligência estrangeira. Branca de Neve sabe muito bem como se comportar. Nem sempre ela quer, e eu atendo suas vontades quando posso, mas ela sabe muito bem.

A neta desviou o olhar do avô para Nox. Parecia que ele sabia de sua quase aventura escalando o castelo. Esperou a reprimenda, mas, em vez disso, ele indagou:

— Estão gostando da companhia uma da outra?

— Não. — Ambas responderam juntas, e a princesa se surpreendeu por Nox se sentir tão à vontade para confessar o fato ao rei.

— Isso dificultará a situação, mas acredito que cada uma de vocês sabe como deve proceder — Nox assentiu para o rei —, e a outra não terá alternativa além de se adaptar.

— O que quer dizer sobre não ter alternativa, avô? — a princesa perguntou baixinho. Quando conseguia, ela tentava não ter conversas complicadas com ele em público.

— Significa que Nox é sua protetora por juramento.

<hr />

Branca de Neve ainda tentava processar a informação que o avô lhe passara quando viu o pai oferecer o braço a Maya e deixar o salão. Será que essa era a explicação? Maya era a protetora por juramento de seu pai?

A princesa ainda permaneceu no salão tempo o suficiente para que ninguém pensasse que ela estava abalada. O avô dissera que no dia seguinte lhe informaria os detalhes do que significava ter um protetor por juramento, o que não parecia algo bom de forma alguma. Restava-lhe esperar. Ela não vivera a época de ouro dos feiticeiros no castelo e não sabia de fato se seria bom tê-los andando abertamente entre eles outra vez. Em teoria, significavam mais proteção. Mas sua mãe morreu mesmo assim.

※

Conforme Adrian e Maya se afastavam do salão, o som da corte animada ficara para trás. Cogitara convidar a feiticeira para dançar, mas decidiu que não. A atenção da corte estaria nos dois e, para o bem da situação, era melhor conversar com a feiticeira antes. Não queria cruzar ainda mais os limites.

Queria ter uma conversa franca, na medida do possível, com Branca de Neve. Ele saíra sem se despedir, e ela com certeza teria perguntas. Muitas. Deixaria um bilhete no quarto da filha antes de se deitar.

— Amanhã passarei o dia fora. — Adrian não deu detalhes ao chegar aos aposentos da feiticeira. — Creio que meu pai a atualizará sobre o reino. Precisamos estar alinhados. Boa noite.

— Boa noite — ela respondeu, pensativa, ao abrir a porta.

Ele começou a se afastar e logo parou.

— Maya.

A feiticeira esperou que ele dissesse algo. Depois de alguns segundos, Adrian murmurou:

— Quando perguntei mais cedo se poderíamos conversar, eu pretendia pedir perdão a você. — Ele balançou a cabeça, percebendo que se perdia nas palavras. — Ainda pretendo, mas não posso fingir que o mereço e não a pressionarei para isso. Se você o fizer, será no seu tempo.

— No meu tempo — ela repetiu as palavras. Realmente não estava pronta para a conversa que precisavam ter, sendo que ainda nem se recuperara do veneno da flecha dele.

— No seu tempo. — Ele deu dois passos em direção à Maya, e se conteve antes de tocar suas mãos. — Quero salvar minha filha e preciso de você para isso, mas eu nunca a manipularei. Essa é a minha promessa. Se você me disser que não suporta minha proximidade, eu me afastarei. — Depois de uma longa pausa, disse: — Durma bem.

Sem saber como reagir ao tom ansioso do príncipe, Maya o observou se afastar rapidamente e entrou no quarto. Desde que voltara ao castelo, mantinha-se o mais calada possível. Uma vez que não conseguia definir exatamente o que sentia, pareceu-lhe seguro ficar quieta enquanto processava o turbilhão de emoções. Ela era parte dos Sete Guardiões e não podia ser tão sensível a ponto de prejudicar a missão deles. Mas como equilibrar dever e emoção numa história que a tocava tão profundamente?

Caiu de costas na cama, ainda vestida, refletindo sobre como seriam os próximos dias. Quando estava quase se levantando para trocar de roupa, ouviu:

— Não me diga que está chorando por aquele babaca? — perguntou a voz no espelho.

CAPÍTULO 17

NOS RAIOS SUAVES DO CREPÚSCULO, BRANCA DE NEVE SE ENCONtrava no local em que não deveria estar e que poucos ousariam explorar: os telhados sinuosos e irregulares do castelo. Cada laje de pedra sob seus pés era como um degrau de suas próprias reflexões, cada chaminé lhe sussurrava histórias antigas. Os dedos se apertavam nos relevos das telhas enquanto ela deixava a brisa acariciar seu rosto. Era um refúgio inusitado, um lugar onde o mundo parecia se estender em todas as direções, tão vasto quanto seus pensamentos.

Com a cidade lá embaixo, Branca de Neve se permitiu mergulhar em lembranças. A maldição que pairava sobre sua família, o legado sombrio que não escolhera, mas viera de sua mãe. Não sabia o que havia acontecido, todos escondiam o assunto dela, mas sabia que a mãe se envolvera com magia *tenebris*. Não havia outra forma de ser amaldiçoado.

A princesa pensava nas histórias que crescera ouvindo, nos mistérios que a cercavam e nas perguntas sem respostas que a atormentavam. Seu olhar se perdeu no horizonte enquanto as sombras da noite começavam a se espalhar como teias emaranhadas.

O som suave de uma bota raspando o cimento interrompeu seu devaneio, e ela se virou, sobressaltada. Diante dela, estava a feiticeira que, segundo seu avô, ela seria obrigada a aceitar como uma espécie de guardiã particular, o que era irritante.

— Está sem sono, princesa?

O rosto de Nox era uma máscara de expressão contida, mas havia uma chama selvagem e insondável em seus olhos. Branca de Neve não deixou de se perguntar quanto desse fogo oculto se alinhava com suas próprias inquietações.

— Se está com sono, feiticeira, pode ir dormir. — Branca de Neve se virou mais uma vez para a cidade e as luzes que começavam a ser acesas por aqueles que precisam se levantar antes de amanhecer.

— Uma vista deslumbrante, não é? — A voz de Nox cortou o silêncio como uma lâmina afiada.

Branca de Neve assentiu, com os olhos ainda presos no horizonte. Sentiu o peso da presença da feiticeira a seu lado, como uma aura que se estendia para tocá-la. Seria a magia? A princesa não soube responder.

— Da mesma forma que cheguei até aqui, posso voltar para o meu quarto. — A princesa finalmente quebrou o silêncio.

— Da mesma forma que a acompanhei do seu quarto até aqui, eu a acompanharei na volta.

A provocação não escapou à princesa. Ela sequer vira a feiticeira enquanto se pendurava pelas paredes do castelo.

— Você não precisa me proteger o tempo todo, sabia? — A voz saiu carregada de frustração. — Ninguém me ferirá dentro dessas muralhas.

A feiticeira lhe lançou um olhar fugaz, indecifrável. Era como se ela tivesse mais a dizer do que se permitia. No entanto, a barreira entre as duas era densa, e nenhuma delas parecia disposta a ceder, apesar da madrugada lançar sombras o suficiente para tornar a situação um pouco menos intolerável.

— Não sou uma guardiã por escolha, Branca de Neve.

— E eu não sou uma princesa amaldiçoada por escolha, Nox. — As palavras da garota saíram como um lamento pelo destino que parecia fora de seu controle.

Ela não sabia nada sobre a maldição, além do fato de que sua vida estaria nas mãos de uma bruxa. Todo o resto tinha sido mantido em segredo, e nem com suas investigações pelo castelo a princesa conseguiu descobrir qualquer coisa.

— Está vendo? — Sua voz era um sussurro no ar noturno, carregando resiliência e uma pitada de ironia. — Somos perfeitas uma para a outra.

Para qualquer pessoa, um espelho significava ter sua imagem refletida. Para Maya, significava esperança.

— Oi, Lince.

Na noite da morte de Sarah, instantes depois de Adrian não conseguir matá-la, Lince chegou e desapareceu com ela dali. A feiticeira nunca mais conseguiu se transportar com magia, era como se não tivesse mais esse poder.

Desde que a parceria fora selada entre os Pendragon e Merlin, Lince tinha sido o primeiro a ameaçar a aliança, e nem sua mãe, Merlina, conseguira acalmá-lo. Ele considerava uma traição que sequer pensassem que a prima teria sido capaz de matar a princesa. Merlina tentara argumentar que o fato de Maya não se defender dificultava ainda mais a situação, mas quanto a isso não havia o que fazer: o choque fez com que a feiticeira ficasse por semanas sem falar ou reagir.

Após Maya ser sentenciada ao exílio, Lince se transportou com ela até as entranhas da Floresta Lunar, levando-a para a imensa árvore que eles costumavam usar como esconderijo quando crianças e transformando o lugar numa nova morada. Ele queria estar perto da prima e precisava proteger Branca de Neve, afinal, a bebezinha não tinha culpa da tragédia que caíra sobre ela. O feiticeiro estava disposto a invadir o covil de Electra e encontrar o contrato da maldição. Essa talvez fosse a única forma de proteger a princesa e provar a inocência da prima.

Quando Maya reagiu e encontrou as anotações de Lince, seguiu seus passos. Chegou a ver Electra partindo, parecendo insatisfeita, e julgou por um instante que chegara a tempo, mas era tarde demais. O corpo do primo estava estendido na neve, nas fronteiras da Floresta dos Sussurros Esquecidos. A bruxa partira frustrada por não conseguir arrancar seu coração, que batia devagar demais para mantê-lo vivo.

Sem alternativa, Maya conjurou uma contramaldição, dividindo o primo em dois: o corpo inconsciente, que ela manteria seguro, esperando um dia quebrar a maldição, e sua consciência, que não poderia mais se manifestar no mundo dos vivos, a não ser que estivesse refletida em algum lugar ou objeto.

Infelizmente, Lince não se lembrava de como fora atingido pela bruxa e ainda não havia nem sinal de como eles quebrariam a maldição.

Então, enquanto o corpo adormecido repousava em uma redoma de cristal, na cabana protegida de Maya, sua consciência, que mantinha sua exata aparência física, era capaz de transitar por muitos lugares, mas sem nunca ser visto ou ouvido por ninguém além de Maya.

— Você me encontrou. — A feiticeira se sentou na cama e sorriu para o homem que aparecia no espelho da penteadeira.

— Não foi uma tarefa fácil. Sabe quantos cômodos existem nesse lugar? E, sendo sincero, pensei que você estaria nas masmorras. — A figura estremeceu. — Não me faça lembrar de cada poça em que tive que me refletir. Espero que apenas uma tenha sido de urina. — A expressão era de repulsa.

— Eles a acomodaram nos aposentos da realeza, perto do quarto do príncipe ingrato, quem adivinharia? Vim assim que Solitude entrou em casa, sozinho e mancando.

Maya encontrara o imenso lobo ainda filhote, pouco depois de Lince ser amaldiçoado. Um lobinho solitário. Sem a matilha, ele não conseguiria sobreviver. O animal e a feiticeira se identificaram, e o lobo nunca mais a deixara.

— Como ele está? — Maya se moveu para a beira da cama, preocupada.

— Ferido, mas ficará bem. Voltei para casa quando descobri o que tinha acontecido com você e avisei que ele poderia encontrá-la no castelo. Não se preocupe. Logo estará aqui. Enfim, Adrian capturou você. — Seu tom era baixo, como se ainda estivesse assimilando tudo. — E a feriu. — A maneira como Lince proferiu a frase não deixava abertura para negativas.

— Ele não conseguiria me capturar sem me ferir. — A voz calma de Maya era um contraponto para a raiva contida na do primo. — Mas ainda não sei como ele me encontrou.

— Eu nunca quis tanto descobrir como quebrar a maldição daquela bruxa como hoje. Saber que você estava vulnerável nas mãos dele e o que poderia acontecer... — Lince assoviou, mudando de assunto, como era típico de sua natureza ágil. — Às vezes, a magia nos obriga a cada situação para que possamos mantê-la nesse mundo...

— Poderia ser pior — Maya declarou, caminhando em direção ao quarto de vestir —, poderíamos não ter magia e ser subjugados.

O primo não a seguiu para o espelho do quarto de vestir e aumentou o tom de voz para questionar:

— Por que você o defende, mesmo depois de tudo?

— Porque sei o que é perder alguém que se ama e o quanto podemos ferir outras pessoas enquanto procuramos vingança na vã esperança de fazer a dor da perda desaparecer. E, sejamos justos, qualquer um que me visse naquela situação me consideraria culpada. Eu a matei, no fim das contas.

Lince ficou quieto. Maya tinha razão, mas ele manteria o ressentimento contra o príncipe mesmo assim. O silêncio perdurou até Maya voltar ao quarto e se enfiar debaixo das cobertas.

— Quer saber o que descobri? — Lince perguntou em tom conspiratório. O fato de conseguir ouvir conversas alheias sem que o vissem tornou o feiticeiro um apreciador de mexericos. — Nox fez o juramento para proteger Branca de Neve.

Maya soltou uma risada leve. Ela sabia, mas não era possível negar a ironia.

— O número de pessoas magoadas comigo no castelo está aumentando.

— No caso de Nox, é bom. — Lince provocou, dando um bocejo. — Branca de Neve precisará ter alguém caso queira reclamar da madrasta.

— É bom ver que suas gracinhas seguem intactas. — Ela se sentia grata por tê-lo por perto, ainda que preso em um espelho. — Estou feliz por você estar aqui. Boa noite, Lince.

— Compartilho da sua felicidade, apesar de não poder negar o desejo que sinto de dar uma surra naquele príncipe. — Ele provocou uma risada sonolenta na prima. — Boa noite, Maya.

CAPÍTULO 18

O BILHETE DE ADRIAN AINDA ESTAVA SOBRE A MESA DA SALA DE ESTAR dos aposentos de Branca de Neve, assim como o outro envelope do avô, contendo o aviso sobre o adiamento da audiência que teriam para a manhã seguinte. O que deixava a agenda da princesa livre.

Ela ajeitou a túnica azul-cobalto dentro da calça de couro azul-marinho. Tanto azul, uma cor que adorava, fez com que se lembrasse de uma pessoa cuja existência gostaria de ignorar. Buscando manter a atenção em outra coisa, abaixou-se para calçar as botas.

O rei permitia que ela treinasse apenas quando não tivesse deveres reais. Não que a princesa reclamasse. Por mais que quisesse lutar como qualquer guarda ou cavaleiro real, não suportaria acordar tão cedo e ter a rotina puxada dos soldados e guardas do reino.

Ao colocar a primeira parte da vestimenta, encarou o reflexo no espelho, afivelando o cinto. As roupas eram justas, porém flexíveis. O tecido reforçado e resistente permitia uma ampla gama de movimentos, além de ter uma proteção acolchoada nos ombros, peito, cotovelos e joelhos para evitar ferimentos durante o treino. Ela completou o uniforme com um colete de couro, do mesmo tom da calça, que trazia a cabeça de dragão do brasão da família bordado no peito.

Branca de Neve estava rindo de uma piada que ouvira um guarda contando quando pisou na área de treinamento e Nox apareceu, do outro lado do campo, encostada à parede. As duas ainda não haviam se visto desde a madrugada passada.

— Guardem as armas — a feiticeira provocou, erguendo os braços para que eles pudessem ver a fênix da Ordem de Merlin tatuada em um antebraço e o dragão no outro, ambos se movendo como se pudessem saltar da pele, emitindo um brilho prateado. — Não quero transformar ninguém em esquilo hoje.

Nox não podia transformar pessoas em animais, mas como nenhum humano sabia ao certo o que cada feiticeiro poderia fazer, ela gostou de deixar a ideia no ar. Em seguida, apontou com o queixo para Branca de Neve, explicando em silêncio por que estava ali.

Aparentemente, para os demais em treinamento, estava tudo bem, mas não para a princesa, que cruzou o gramado, pisando firme.

— Nossa audiência com o rei foi adiada para amanhã de manhã. — Ela falou baixo, ciente de que todos estavam prestando atenção. — Vá arrumar outra coisa para fazer.

— Acredite, eu adoraria. — A feiticeira jogou os cabelos azuis para trás e seu perfume se espalhou.

Branca de Neve podia jurar que alguns guardas suspiraram.

— O que a prende aqui? — perguntou à feiticeira.

— O dever.

— Eu treino sozinha. O rei sabe e autoriza, assim como meu pai.

— Você *treinava* sozinha — Nox avisou. — Agora, preciso estar presente e evitar que se machuque.

— Eu não me machucarei.

— Pode garantir isso?

— Ninguém pode garantir algo assim.

— Então vá fazer o que gosta de fazer — Nox agitou duas vezes a mão, dispensando-a —, e me deixe fazer o meu trabalho.

Antes que a princesa pudesse pensar numa resposta malcriada, ouviu a voz de Kaelenar às suas costas:

— Nox, pode ficar, desde que não atrapalhe.

— Farei o possível, Kae.

Adrian caminhava pelos corredores do castelo e seus pensamentos aproveitaram o momento para trazer o passado de volta. Por mais que não convivesse com Maya enquanto crescia, ouvira a mãe contar histórias horríveis sobre como a feiticeira estava destruindo seu casamento, como o pai não se importava com nada além dela.

Então a mãe morrera e, nos dias subsequentes, o príncipe encontrou Maya na floresta e ela se mostrou diferente de tudo o que ouvira falar. Ele passou a ficar por perto, dando-lhe a chance de se aproximar. A feiticeira e ele tinham muito em comum. Ambos amavam leitura e eram capazes de passar horas compartilhando opiniões sobre livros. Mas o que mais os unia era o fato de ambos carregarem o fardo de não poder escolher que destino seguir.

Como única filha de Merlin, pelo menos a única de que se tinha conhecimento, Maya era um exemplo para sua Ordem, mantendo a promessa de seu pai viva ao proteger cada geração de Pendragon existente, e sendo filha de uma bruxa *tenebris*, precisava se mostrar duas vezes mais digna e correta que os outros. Precisava ser justa, honesta e evitar qualquer tipo de mistério; o que mudara conforme Adrian e ela apreciavam mais o tempo que passavam juntos, fazendo com que Maya começasse a inventar desculpas para seus desaparecimentos.

Um dia, enquanto ela lia em uma das poltronas da biblioteca, Adrian se pegou observando-a com mais atenção. Longe da visão corruptível da mãe, o príncipe não conteve a velocidade com que seu coração acelerou.

Era um entardecer de inverno. Lá fora, a neve caía e, na biblioteca aquecida, Maya lia o livro indicado por Adrian. Eles vinham trocando livros favoritos desde que descobriram que o amor pela leitura era mútuo. O príncipe lia outro, indicado por ela. Quer dizer, tentava.

Enquanto a feiticeira estava concentrada, ele olhava da página amarelada para ela. Instigada pela leitura, Maya franzia o cenho, provavelmente tentando desvendar o misterioso desaparecimento de dez ovos de dragão que permeava a história. Quando ela mordiscou o lábio inferior, Adrian deixou escapar um suspiro, fazendo-a erguer o olhar e prendê-lo no dele.

O livro escorregou do colo dela e caiu no chão. Em um instante, Adrian estava abaixado ao lado da poltrona da feiticeira, bem próximo, mas tendo o zelo de não invadir o espaço pessoal dela. Havia dias que não conseguia pensar em nada que não fosse tocá-la.

Ela fez menção de se levantar, e ele acompanhou o movimento, ajudando-a. A biblioteca à volta deixou de existir, era como se os dois fossem os únicos seres vivos do mundo.

— Adrian.

A voz de Maya não passou de um suspiro. Ela não precisou dizer mais nada. Os dois sabiam que estavam bem perto de ultrapassar um limite perigoso.

— Se me disser que não há nada entre nós — Adrian segurou o braço da feiticeira delicadamente —, ou assumir que há, mas quiser que finjamos nunca houve, eu soltarei seu braço e jamais falarei sobre isso outra vez.

O coração de Maya pareceu se desconectar do corpo entre uma respiração e outra, como se a intensidade do sentimento fosse capaz de controlar seus batimentos a ponto de evidenciar que viver ou não aquele amor fosse a diferença entre a vida e a morte.

— O que quer que eu faça, Maya? — A voz de Adrian expunha sua emoção, e soara triste. — Basta pedir.

O simples pensamento de virar as costas para o que sentia fez com que as pernas de Maya perdessem a força, e ela precisou se apoiar no príncipe. Ao olhar para cima e encontrar o amor nos olhos do príncipe, a feiticeira se rendeu ao beijo que abriu a porta para a tragédia.

Quase vinte anos depois, tudo finalmente fazia sentido. O jovem Adrian nunca conseguiu entender o que o Adrian, maduro e ferido pelos anos, entendeu: o amor não podia ser aprisionado em uma caixa.

Ele havia sido hipócrita ao pensar que poderia viver o amor e abrir mão dele para se casar com a mulher escolhida pelo pai. O fato de Sarah ser uma moça adorável que sonhava em se tornar o objeto de desejo do príncipe complicou a situação ainda mais.

Nem Adrian nem Maya queriam machucar ninguém mais do que eles machucavam a si mesmos ao resistir um ao outro. Eles se despediram um dia antes do casamento e sua relação tornou-se distante. Não era possível que mantivessem sequer uma amizade. Com o tempo, a mágoa se infiltrou entre eles. Era difícil estar tão perto e tão distante de alguém que seu coração queria e não podia ter.

Até que um dia, de um instante para o outro, Adrian passara a amar a esposa. Para o príncipe, era confuso. Ele não sabia que estava sob um feitiço de Electra, e o amor que sentia por Maya era tão forte que, vez ou outra, ressurgia em meio ao nevoeiro de magia que era seu amor por Sarah. Para a feiticeira, Adrian finalmente havia se rendido aos encantos da princesa e a esquecido.

Ciente de quem e por que Sarah fora assassinada, a mente de Adrian estava caótica. Sentia-se culpado por como havia julgado Maya e por tudo o que ela sofrera em silêncio para protegê-lo da verdade: Sarah tinha feito um acordo com a bruxa porque queria que o príncipe a amasse de uma forma que ele não poderia. Ela trocara o amor dele pela própria filha.

O que seria de Branca de Neve se ela soubesse toda a verdade sobre o passado dos três e sobre o assassinato da mãe? Como ela se sentiria se soubesse que a própria mãe causara sua maldição?

Foi com esse pensamento que Adrian entrou na biblioteca do castelo na esperança de encontrar um livro que atraísse sua atenção. Todos estavam dormindo, a não ser os guardas do turno da noite, e ele ficou admirado ao ver o brilho das luzes ao abrir a porta da biblioteca.

Como Branca de Neve tinha o mesmo hábito voraz de leitura que o seu, Adrian caminhou pelas fileiras de estantes, esperando que pudesse ser a filha, mas não se surpreendeu ao ver Maya, concentrada ao passar o indicador pela lombada dos livros, como se estivesse à procura de um em específico.

Ele a observou ficar na ponta dos pés e puxar um dos livros, abrindo-o em uma página aleatória e o aspirando devagar. Pensou em se virar e partir pelo caminho pelo qual viera, mas não teve tempo. Maya virou o rosto e o pegou observando-a. Por Eris, como odiava não saber como lidar com a situação.

Sem demonstrar que havia notado a presença do príncipe alguns segundos antes de se virar e que evitara o contato porque não sabia como reagir a ele, Maya encarou seu semblante cansado. Os cabelos ondulados e bagunçados emolduravam o rosto de alguém cuja mente não parara por um instante. A roupa desalinhada, e ainda empoeirada, confirmava que ele acabara de voltar ao castelo.

— Amanhã, quero sair para cavalgar com Branca de Neve. — Ele avisou, e a feiticeira assentiu, mas permaneceu calada, tentando entender o que tinha a ver com aquilo, até que Adrian completou: — Depois, pensei em almoçarmos os três. O que acha?

O assunto não surgira do nada. Havia muito tempo que Adrian abandonara a impulsividade da juventude. E, depois de ter julgado e condenado Maya injustamente, seria melhor se continuasse assim.

Como Kaelenar lhe informara quando parou na cozinha para procurar algo para comer, Branca de Neve estava no limite da curiosidade e ia acabar abordando Maya por si mesma. Havia sido o capitão a sugerir o almoço, e lhe parecera uma boa ideia. Adrian tinha pensado em enviar um mensageiro a Maya, mas, como a casualidade os levou até ali, resolveu fazer o convite ele mesmo.

— Será um prazer. — A feiticeira foi sincera. Convivera tão pouco com a menina. — Eu nunca deixei de amar sua filha.

— Eu sei. — Não era difícil admitir.

Reflexiva, Maya fechou o livro e o abraçou junto ao peito, passando por Adrian, rumo à saída.

— Certa noite — ela parou de repente —, eu encontrei Branca de Neve perdida na floresta. Ela era criança e chorava. Seu pranto era por causa da perda da mãe, a menina estava tão triste, como se tivesse acabado de acontecer. Ela não queria voltar ao castelo.

Adrian se lembrava daquela noite perturbadora. Branca de Neve tinha acabado de descobrir que Sarah havia sido assassinada. Ela fugira na vã tentativa de se vingar da bruxa. Ninguém sequer a viu sair do castelo. Como sua morada e única diversão, a menina conhecia todos os segredos daquela construção.

— Fiquei com ela e a mantive aquecida enquanto Solitude guiava vocês até nós. Ela estava dormindo quando me afastei. Eu podia ouvir a voz dos guardas e sabia que estavam perto. Fiquei observando de longe.

— Você enviou aquele lobo? — Adrian não parecia admirado. Era fácil reconhecer que Maya faria algo assim. — Mesmo depois de tudo, você continuou nos protegendo?

Maya abriu um sorriso triste. A pergunta parecia a que o primo lhe fizera através do espelho. Ela se aproximou da porta da biblioteca e a segurou aberta.

— Fiz o que pude.

Foram anos caçando-a. Anos buscando vingança enquanto Maya permanecera protegendo-os. Adrian sabia que tinha ferido o lobo da feiticeira quando a capturara e, em algum momento, teria que tocar no assunto. Ele não se perdoaria se fosse o responsável por matá-lo.

— Espero que possa me perdoar um dia — ele finalmente conseguiu dizer.

— Perdoei há muito tempo. — Ela deixou a verdade escapar.

— Sinto muito — Adrian escolheu bem as palavras —, por tudo. Antes e depois.

— Eu sei. — Ela assentiu e saiu da biblioteca, fechando a porta em seguida. Era preciso colocar um espaço entre eles ou logo se perderiam um no outro. — Obrigada por dizer.

CAPÍTULO 19

A audiência com Branca de Neve era a última parte nas mudanças envolvendo o reino e seus feiticeiros. O rei Mirthan estava sentado à mesa de reuniões conversando com o tesoureiro real quando Branca de Neve entrou, mirando-o, desconcertada. Quando ele marcava uma audiência significava que o assunto não seria resolvido entre avô e neta, e sim entre rei e princesa. Não haveria espaço para discussão.

Branca de Neve fez uma reverência enquanto ele dispensava o tesoureiro e Merlina cruzava a porta. A princesa ficou admirada quando conheceu a feiticeira, aos doze anos. Ela aprendera um pouco sobre os feiticeiros, e por mais que todos considerassem Merlin o feiticeiro mais poderoso de Malyria, era Merlina quem fascinava a menina. Acostumada a viver em um reino regido por homens, ela achava incrível o quanto Merlina era poderosa.

— Agora que estão todos aqui, podemos conversar.

Nox deveria estar acompanhando Branca de Neve, mas ela não se encontrava em lugar nenhum. Em seu lugar, encostado à parede perto da janela, estava um rapaz de cabelos azuis compridos. Observando-o com atenção, enquanto ele caminhava com as mãos nos bolsos da capa em direção à mesa, a princesa percebia semelhanças com Nox, apesar do corpo mais largo e musculoso. Antes de se sentar ao lado da garota, ele acenou com a cabeça, parecendo sério, como se estivesse contendo a impaciência e quisesse estar em qualquer lugar menos ali. Seria possível que o avô tivesse escolhido outro feiticeiro no lugar de Nox? Seria um alívio, mas e se ela gostasse menos ainda desse?

— Os últimos dias foram repletos de surpresas e adaptações, principalmente para o príncipe Adrian e você, Branca de Neve. Entendo, minha neta — o rei abrandou o tom —, que seja ainda mais difícil para você por ser o alvo de uma maldição. Estou cuidando pessoalmente para que você tenha toda a informação de que precisa para se familiarizar com o que sei que chamará de castigo, mas, não se engane, queremos o melhor para você. Cabe a você conversar amigavelmente com Nox para estabelecer os limites entre vocês, desde que esses limites mantenham sua segurança. E no quesito segurança, não é você quem decide.

— Serei prisioneira em meu próprio reino? — Por dentro, estava contrariada. Por fora, era a princesa comedida que o rei esperava que fosse.

— Não, não será — o rei reiterou. — Você sabe, desde pequena, que sua vida não é comum como a das outras meninas. Você é minha herdeira. Não queremos dar espaço para mais nenhuma tragédia. — As palavras doíam tanto em Mirthan quanto em sua neta. — A relação entre um Pendragon e um feiticeiro da Ordem de Merlin é sagrada. Se você permitir, poderá apreciar muito. Confie em Nox.

— Como posso confiar em alguém para me proteger, se essa pessoa sequer se dignou a estar presente na audiência?

O feiticeiro de cabelos azuis murmurou alguma coisa que Branca de Neve não entendeu. Antes que Mirthan ou Merlina pudesse explicar, ele repetiu, virando-se para encarar Branca de Neve:

— Essa pessoa está bem aqui, princesa. — E acrescentou: — Você aprenderá bem rápido que levo meu juramento muito a sério.

Boquiaberta, Branca de Neve precisou de uns segundos para se recuperar da surpresa. Eram os olhos de Nox: o mesmo tom azulado do fundo do mar circundado por um fio prateado.

— Nox tem a habilidade de se transmutar, o que é muito raro entre os feiticeiros, e desenvolveu o dom ainda bebê. — Merlina falou pela primeira vez desde que a audiência começara. — Meu filho deveria ter lhe dito isso quando se conheceram, mas aparentemente não foi o caso. — Acrescentou, austera, ao perceber o leve dar de ombros de Nox.

— Não sou obrigado a falar sobre isso.

— De fato, não é. Mas no caso de alguém que estará sob sua proteção, seria de bom tom abrir uma exceção. A relação entre vocês será muito mais tranquila se confiarem um no outro. — Merlina virou-se para Branca de Neve. — Tem alguma pergunta?

— Como devo chamar você?

— Nox. — Ele deu de ombros. — Perdeu a memória?

— Idiota. — Ela bufou.

— Se preferir...

— Nox, não seja inconveniente — Merlina alertou.

— Eu sou um homem e sou uma mulher. Meu nome é Nox e gosto de existir das duas formas, então é só seguir o fluxo. Ele. Ela. Isso não interfere na minha capacidade de exercer o meu trabalho. — O feiticeiro se calou e recebeu um olhar torto da mãe pelo tom rude, o qual ele tratou de abrandar. — Foi muito gentil ter perguntado. Respeitar a forma como alguém se sente bem ao ser tratado é importante. Obrigado. — Ele fez uma pequena reverência. — Agora que meu gênero deixou de ser a pauta posso voltar a dizer que este é o último trabalho que eu gostaria de fazer? — Ele riu baixinho.

Merlina o ignorou.

— É natural que você seja contrária à presença de Nox. Acredite, às vezes, até eu preciso pedir à deusa que me dê paciência para não transformar meu filho em um doce gatinho.

Nox fingiu não se alterar, mas ele sabia que, diferente dele, a mãe tinha esse poder. A princesa riu. Merlina crescia ainda mais em seu conceito. Mas Branca de Neve não era burra. Se precisava ser protegida daquela forma sufocante, era porque algo estava acontecendo, algo que ia muito além da readequação dos Pendragon e dos merlinianos. Com o retorno de Maya, isso ficava mais evidente.

— É sobre a assassina de minha mãe, não é?

— Sim — o rei respondeu, ciente de que alguma explicação ele teria que dar para que a neta aceitasse a proteção mais facilmente. — Há indícios de que ela esteja por perto, mas não sabemos mais nada ainda. Se trabalharmos em conjunto com os feiticeiros, nossas chances aumentam exponencialmente. Branca de Neve — Mirthan levantou-se e caminhou até a neta —, eu não precisava compartilhar essa informação com você. Se estou fazendo isso, é porque acredito que não devemos tratá-la como uma garotinha. Você tem maturidade para entender o quanto perdê-la nos destruiria. E sequer estou falando do reino. É um avô fazendo um pedido para a neta: confie em Nox.

A princesa segurou a mão do avô entre as suas. Ela se sentira presa e vigiada durante toda a vida. Tolamente, acreditou que quando ficasse mais velha, a situação seria mais fácil, mas era ilusão de criança. Se ela precisava ceder para que não a trancassem numa torre para que fosse protegida, como já acontecera com outras princesas, cederia.

— Eu aceito a proteção, majestade. — Ela se levantou, fez uma reverência ao avô e depois o abraçou. — Nada de ruim acontecerá comigo, vovô.

Fora das vistas de Merlina e do avô, enquanto ainda o abraçava, Branca de Neve mirou os olhos de Nox. Ela cederia pelo reino, mas isso não queria dizer facilitaria as coisas.

A distância entre a sala do trono e as escadas nunca pareceu tão longa. Branca de Neve segurava uma parte do tecido do vestido, lembrando-se de caminhar devagar, como se estivesse perfeitamente bem após a audiência com o avô. Assim que virou à esquerda, ergueu o vestido alguns centímetros e correu escada acima.

— Há alguém que você precise salvar da forca nos seus aposentos, princesa? — Nox perguntou de forma displicente ao acompanhá-la.

— Por que ainda está me seguindo? — Ela não ocultou o incômodo ao desacelerar quando cruzou com duas damas da corte no segundo andar.

— Não sabia que é muito feio mentir para o rei? — o feiticeiro provocou. — Alguns lugares punem tal feito com a morte.

— Eu não estava mentindo — ela argumentou, sabendo exatamente a que ele se referia. — Eu aceitarei sua proteção, mas — fez uma pausa — contrariada.

— Você é uma garota intrigante, admito. A maioria das princesas adoraria ser protegida.

Branca de Neve parou de súbito à porta de seus aposentos.

— Com que tipo de princesas você anda falando? As da era pré-Eris? Há séculos, lutamos para provar que somos tão fortes quanto qualquer príncipe.

Ele riu, passando a mão pelos cabelos e bagunçando-os mais ainda.

— Você tem um ponto. Não estou muito familiarizado com princesas ou príncipes adolescentes. Minha antiga função me permitia conversar mais com adultos. — Sua expressão era saudosista. — Ah, os bons tempos...

Estreitando os olhos, a princesa pensou que ele não parecia muito mais velho do que ela, mas não ousou falar nada. Tinha conhecimento de que os feiticeiros podiam ter muito mais idade do que aparentavam, então, ao abrir a porta dos aposentos, entrar e se virar para ele apenas disse:

— Com esse seu jeito, deveria ser excelente em sua função.

— Eu era mesmo. O melhor.

— Eu fui irônica.

— Eu, não.

Os dois se encararam por um instante como se nenhum quisesse ceder. Por fim, Branca de Neve disse:

— Agora preciso me trocar. Tenho um compromisso com meu pai fora do castelo. O comandante e o capitão da guarda estarão conosco, além de outros guardas. — Acrescentou, demonstrando que estaria em segurança. — Na sequência, me prepararei para o almoço. À tarde, quero dar um passeio, e aí poderemos conversar sobre os tais limites. Enquanto isso, não quero ver nem sinal de você. Estamos entendidos?

— Sim. — Ele colocou as mãos nos bolsos da capa, sem se importar em olhar para ela, cedendo tão rápido que a deixou desconfiada.

— Você tem como me vigiar sem que eu o veja, não é?

— Sim. — Agora ele a fitou.

— Droga — ela murmurou. — Pois então que eu não o veja nem o escute. — Ela sustentou o seu olhar.

Com um movimento paciente, Nox tirou as mãos dos bolsos e ergueu as mangas da capa, mostrando os punhos para ela.

— Está vendo braceletes dourados em mim, princesa? Não fui transformado em gênio da lâmpada, tampouco estou aqui para atender os seus desejos. Sou seu protetor, não seu empregado. Conversaremos sobre isso à tarde, quando falarmos sobre limites. Nesse meio-tempo, como acordei me sentindo muito benevolente hoje, abrirei uma exceção e atenderei o seu pedido. Você não me verá nem ouvirá. Pena que eu não possa pedir o mesmo. — Ele lhe deu as costas.

Branca de Neve não disse mais nada, sem entender direito por que se sentia tão incomodada, e fechou a porta do quarto com um estrondo.

— Insuportável — a princesa murmurou.

— Mimada. — Foi a vez do feiticeiro murmurar, antes de desaparecer em névoa.

Capítulo 20

Os cabelos de Branca de Neve balançavam ao vento conforme sua égua galopava mais e mais pela planície. Adrian ia logo atrás, emparelhando de vez em quando com a filha, mas sempre sendo superado.

Ao avistar o ponto que marcaram como fim da corrida, a princesa baixou o corpo para a montaria e sussurrou palavras doces ao ouvido do animal, incentivando-o a ir mais rápido.

— Você foi maravilhosa! — Branca de Neve disse para a égua, enquanto ria, em um dos poucos momentos que se sentia completamente livre.

— Será que um dia você me deixará ganhar? — o pai perguntou, emparelhando os cavalos. — Nem que seja para proteger meu ego.

— Seu ego não é tão frágil assim, pai. — A princesa apeou, amarrando a égua em uma árvore próxima do riacho, para que pudesse saciar a sede, e abaixou-se para se hidratar, molhando as botas e a calça de montaria.

Adrian a acompanhou e depois se sentou a seu lado sob uma árvore. O trote de Kaelenar e dos outros guardas também diminuíra, e eles pararam alguns metros adiante, dando privacidade para a conversa entre pai e filha. Outros guardas vinham mais atrás.

— Eu sei o que as pessoas e os livros dizem... — ela se interrompeu, bruscamente, observando um leve movimentar em uma moita próxima. — Nox! — chamou, levantando-se num ímpeto, deixando o pai sem compreender nada.

— Nós precisamos mesmo ter aquela conversa sobre limites. — Do lado oposto da moita, da qual um coelhinho saltou, o feiticeiro apareceu com a túnica na mão e o peito nu, constrangendo Branca de Neve.

A princesa desviou o olhar imediatamente, mas não sem antes ter a imagem do peito musculoso gravada em sua mente. Já havia visto os guardas treinando sem túnica nos dias mais quentes, então aquilo não deveria deixá-la corada, mas deixou.

— Você pode ouvir minha conversa com meu pai? — perguntou ao olhar para um pássaro voando do outro lado do riacho enquanto Nox se vestia.

— Você quer saber se tenho a habilidade ou se estou de fato ouvindo neste momento? — Ele prendeu a túnica na calça e acenou com a cabeça para Adrian, que observava a situação em silêncio.

— Neste momento.

Cruzando os braços, Nox se defendeu:

— Diferente de certa princesa que conhecemos, eu não escuto conversas particulares — ele provocou, ciente de que não era totalmente verdade. Se o trabalho exigisse, ele ouviria. Mas não acreditava que a conversa dos dois fosse vital para a proteção de Branca de Neve.

— Está ou não? — Ela também cruzou os braços, encarando-o.

— Eu poderia se quisesse, mas, não. Seus assuntos pessoais não me interessam.

— Ótimo. Está dispensado. — Ela o desafiou e fez um gesto com a mão.

— Vossa Alteza. — Nox fez uma reverência ao príncipe, ignorando totalmente Branca de Neve antes de desaparecer.

Adrian, que observava calado a troca de farpas entre os dois, esperou que Branca de Neve voltasse a se sentar e lhe deu alguns segundos, antes de dizer:

— Você não pode chamar um feiticeiro juramentado de forma tão imperativa. Ativa uma reação por reflexo deles. Para um feiticeiro, soa como se você estivesse em perigo e acontece... bem, acontece o que vimos: o pobre rapaz ser pego desprevenido. Nossa proteção é mais importante do que tudo para um feiticeiro, mesmo que pareça uma tarefa muito difícil para Nox. Fiquei surpreso com o modo como você reagiu a ele. Nunca a vi ser assim com ninguém.

— Ele me irrita. Você o conhece?

— Lince foi seu primeiro feiticeiro juramentado, depois Nox. Sua forma de agir era diferente da dos outros feiticeiros juramentados. Como você tinha Kaelenar e Dandara se revezando o tempo todo, Nox avisou que voltaria quando se aproximasse do fim do prazo ou se você corresse risco de vida.

— Se Lince fez o juramento, por que Nox é meu protetor?

— Lince e Nox eram irmãos. Você ainda tinha um ano quando o juramento se desfez, pouco depois do exílio de Maya.

— Como se desfaz um juramento?

— Por ordem do rei ou — ele refletiu sobre suas palavras —, quando uma das duas partes morre. Nox teve perdas, assim como você.

— O que houve com Lince?

— Não sei.

Era uma meia-verdade. Adrian não sabia o que tinha acontecido, mas Merlina dissera ao rei que Lince morrera tentando quebrar a maldição que lançaram em Branca de Neve. Fazia sentido que Nox se ressentisse, mas, em séculos de parceria, os feiticeiros foram leais ao juramento, até mesmo quando não se davam bem com o protegido.

— Você não tem um feiticeiro juramentado — Branca de Neve constatou.

— Não, não tenho.

— Por quê?

— Porque minha mãe não consentiu. Ambos os pais precisam consentir. — Adrian omitiu que Branca de Neve teve seu primeiro feiticeiro juramentado apenas depois da morte de Sarah.

— Então você consentiu o juramento a mim. — Ela não entendia.

— Sim. Aprendi a confiar nos feiticeiros depois da morte da minha mãe.

— Você não acha que deveria ser eu a consentir se quero ou não ser protegida?

— Membros da realeza não têm muita escolha, mas por mais que às vezes pareça sufocante, você tem escolha quanto ao juramento de proteção. Pode abdicar da sua proteção quando completar vinte e um anos.

— Contagem regressiva, então. Por que não antes?

— É uma boa idade, costumamos ser imprudentes quando somos mais jovens. Creio que seja difícil para você imaginar, mas há princesas que escalam as paredes de um castelo sem proteção alguma.

— Aquele fofoqueiro.

— Não foi ele. Os guardas a viram. Eu soube assim que saí da audiência.

— Desculpa — ela pediu. Não enganando nem a si mesma nem ao pai. Ela não se arrependia.

— Pense pelo lado positivo... com um feiticeiro juramentado, suas peripécias serão bem mais seguras, causando menos cabelos brancos em seu avô e rugas de preocupação em mim.

— Você não tem rugas.

— Claro que tenho. Olha aqui. — Ele apontou para uma discreta marca de expressão ao lado do olho esquerdo. — Se prestar bastante atenção, verá que está escrito Branca de Neve nela.

CAPÍTULO 21

O ALMOÇO ERA SERVIDO NOS APOSENTOS DE BRANCA DE NEVE. O pai pensava que era melhor que o encontro com Maya se desse longe dos olhos da corte. As criadas terminavam de arrumar a mesa na sala de estar, e ela estava no quarto, observando o movimento do pátio pela janela. Mais cedo, quando o pai lhe avisara sobre o almoço, concordara de imediato. Estava curiosa sobre Maya e não lhe passara despercebido que o pai desconversava sempre que o nome da feiticeira surgia no assunto.

Ela havia conhecido sua mãe, o que aguçava o interesse da princesa, que continha a euforia ante a possibilidade de Maya poder lhe contar algo sobre a vida da mãe.

Ao ouvir as batidas à porta, caminhou apressada. Havia dispensado as criadas após o término da arrumação. Em breve, trariam a comida.

Adrian e Maya entraram na sala de estar de Branca de Neve. Os olhos da menina brilhavam, e o pai sabia que ela mal podia se conter antes de começar as perguntas. Não perdera tempo ensaiando com a feiticeira os assuntos que poderiam discutir. Já tinha aprendido que sua menina, desde pequena, fazia perguntas que nem sempre eram tão simples de se responder.

Os cumprimentos foram feitos. O príncipe acomodou as duas em suas cadeiras à mesa retangular e sentou-se ao lado da filha, a quem a feiticeira fitava com atenção, sem conseguir evitar que os olhos se umedecessem.

— Está tudo bem? — Branca de Neve estendeu a mão, cobrindo a de Maya. Aquele gesto tão instintivo e carinhoso foi o que faltava para que uma lágrima escorresse pelo rosto da feiticeira.

Adrian entendia. Ele pegou um lenço e lhe ofereceu.

— Perdoe-me. — Ela enxugou os olhos, colocando o lenço sobre o colo. — É impossível não reparar na semelhança com sua mãe. Há traços de seu pai também, mas sua mãe... — A semelhança apertava o coração de Maya. O que a garota pensaria se soubesse da verdade?

— Obrigada. — A garota exibiu um sorriso orgulhoso. — Gosto de me parecer com ela. — Às vezes, a princesa se olhava no espelho e imaginava que era a mãe ali, sorrindo para ela, mas nunca confidenciara isso a ninguém. — Pode me chamar de Branca de Neve. Ou Branca. Eu não estava sabendo como lidar com você nem com a forma como me sentia antes de saber a verdade, mas pensei melhor e vi que não era justo que eu a julgasse pelo que você nem sequer fez. — A voz de Branca de Neve ficou embargada quando ela se lembrou da mãe. — Sinto muito pelo equívoco que culminou com o seu exílio.

Adrian se preparara para tudo, mas não pôde evitar empalidecer. Culpa.

— Sim, sentimos muito — ele acrescentou.

— Obrigada. — Ela expressou tanta tranquilidade que Adrian se sentiu ainda mais culpado.

Examinando um, depois o outro, a princesa franziu o cenho. Não sabia como era cometer um erro de julgamento tão grande e imaginava que Maya devia ter sofrido muito, mas não queria que o pai se punisse eternamente.

— Meu pai me disse que foi você quem me salvou na noite em que fugi. Você e seu lobo. — Ela mudou o assunto. — É por isso que a achei tão familiar quando a vi ontem, no jantar. Preciso lhe agradecer. Não me lembro de muitos detalhes, mas a sensação de me sentir em segurança permaneceu comigo por muito tempo.

— Foi um momento importante para mim também.

As criadas voltaram. Dessa vez, com a refeição. Adrian não deixou que elas os servissem. Quando saíram, ele serviu a refeição a Maya, depois à filha e por último a si mesmo.

Decidida a poupar o pai, resolveu que perguntaria a Maya sobre sua mãe só quando estivessem sozinhas. Branca de Neve reiniciou a conversa e a levou para assuntos divertidos do reino, mas triviais. A princesa percebia que tanto o pai quanto Maya tentavam se mostrar mais à vontade do que realmente se sentiam e sabia que estavam fazendo aquilo por ela. Havia algo ali, alguma peça faltando que prometeu a si mesma que descobriria.

✦

— Nox — Branca de Neve pediu em um tom muito brando quando chegou ao pátio do castelo —, hora da nossa conversa sobre limites. Se puder aparecer vestido, eu agradeço.

O feiticeiro surgiu e acenou para a ponte levadiça em frente ao portão.

— Vamos dar uma volta? — Ele estendeu o braço.

Lembrando-se das palavras do pai sobre Nox, Branca de Neve aceitou, fazendo o feiticeiro disfarçar um olhar surpreso.

Ao cruzar o portão, Nox acenou para os guardas, e os dois saíram, cruzando a ponte. Branca de Neve espantou-se com a facilidade. Cada saída sua do castelo envolvia aviso prévio e uma intensa preparação. O feiticeiro não precisou de nada, além da própria presença. Ela desejou ter poderes para que pudesse ir aonde quisesse.

— Quer caminhar pela cidade ou ir ao bosque? — ele perguntou.

— Bosque. — Ela amava a cidade, mas gostaria de ter privacidade.

Em vez dar a volta no castelo, Nox transportou os dois em um instante para a privacidade das árvores, dessa vez sem névoa alguma ao redor.

— Cadê sua nuvenzinha colorida? — O espanto de Branca de Neve o fez rir.

— A "nuvenzinha" é um encantamento de proteção do castelo, criado por meu tio, há mais de mil anos. Sempre que um feiticeiro se transportar para dentro do castelo, a cor da sua magia se manifestará em forma de névoa. No meu caso, que sou feiticeiro de Merlin, é lilás. É um tipo de alarme visual. Fora de lá, eu apenas apareço, sem aviso. Não reparou no seu passeio de hoje de manhã?

Ela jamais confessaria que o peito nu dele havia sido a única coisa em que reparara naquela manhã. Retomou logo o assunto, tentando se concentrar no que era importante.

— Eu pensava que vocês não podiam usar esse poder toda hora.

— A maioria dos feiticeiros não pode. Magia consome energia. Dependendo do quanto usamos, podemos nos exaurir. Se a usarmos de modo imprudente, precisaremos de mais tempo para recuperá-la.

— O que acontece se chegar ao fim?

— Nós nos tornamos vulneráveis. Uma das minhas especialidades é o transporte, por isso me verá usando mais do que os outros. — Ele tirou a capa e cobriu um tronco caído para que ela se sentasse.

Erguendo uma sobrancelha, Branca de Neve pegou a capa de Nox e a jogou sobre ele, usando a própria capa para proteger o vestido do tronco. O feiticeiro não se incomodou e se sentou sobre a dele para que ficassem frente a frente.

— O que acha de cada um de nós dizer do que não gosta na situação em que nos encontramos e o outro explica se é evitável ou não.

— Concordo.

— Pode começar.

— Não quero ser vigiada enquanto estivermos dentro do castelo. Você saberá se eu me machucar, então não precisa me seguir para todo canto. Vai ser desgastante para nós dois, pergunte às babás que cuidavam de mim na infância.

— Você teve mais de uma?

— Mais do que me lembro. — Branca de Neve abriu um sorriso malicioso antes de completar: — Não fui uma criança fácil de lidar. Não me entenda mal, eu queria viver aventuras como nos livros e improvisava as minhas. As babás tinham dificuldade, e acabavam implorando ao rei que as dispensasse. Depois disso, meu avô as substituiu por guardas até que Kae assumiu de vez a função. Certa vez, eu o ouvi dizer que cuidar de um filhote de dragão daria menos trabalho. Considerei a comparação digna.

— Eu me solidarizo com essas pessoas. O pobre Kaelenar teve um século de treinamento com o próprio Merlin para acabar domando um dragãozinho. — Ele riu, e a princesa não se importou. Ela realmente adorava ser comparada a um animal tão magnífico. — Em geral, não preciso estar com você a todo momento. O castelo é um lugar seguro e protegido.

— Mas...

— Preciso estar por perto. Você não imaginaria o que até mesmo um aliado seria capaz de fazer por poder.

— Concordo.

— Também preciso estar com você nessas suas aventuras, pois são situações em que você se coloca em risco dentro do castelo. O que inclui treinos e escaladas, principalmente as escaladas.

— Kaelenar pode me proteger.

— Kaelenar é o responsável pelo castelo. Você não é mais uma garotinha. Já está na hora de largar da barra da calça dele.

A princesa o encarou como se quisesse estapeá-lo.

— Se você chega em um instante quando eu chamo, por que precisa estar comigo?

— Porque você não fará isso a menos que esteja em perigo. Chamar e ser atendido em um instante é o que os humanos fazem com os gênios. — A revolta transpareceu em seu rosto. — Gênios são feiticeiros escravizados. — Ele fechou os olhos por um instante, como se amargasse a dor. — Prefiro a morte a me tornar um gênio.

Nox acariciou o punho, como se pudesse sentir o peso de um dos braceletes dourados de Aran. Foi por ouvir o príncipe mencionar os braceletes que o feiticeiro decidiu invadir os aposentos em que Maya havia sido colocada ao ser levada inconsciente para o castelo. Por mais divergências que tivesse com a prima, não admitiria que ela fosse escravizada. Também não gostara da ideia de vê-la com os braceletes prateados, mas ficou satisfeito com a prudência de Adrian. Tudo de que Nox não precisava era acabar em uma situação em que tivesse que resgatar Maya, mas jamais confessaria aquilo. Nem à Branca de Neve nem a ninguém.

A princesa o observava, com os lábios apertados. Sabia como feiticeiros eram transformados em gênios, apesar de nunca ter visto um. Na verdade, não sabia detalhes. Nox não era o único que ficava exaltado com aquilo. Nenhum dos feiticeiros tocava no assunto.

— Meu pai me disse que eu não deveria chamá-lo como fiz mais cedo, mas não me dei conta de que soaria como o que acontece com os gênios. Foi um erro — ela explicou, sem jeito.

— Isso foi uma tentativa de pedir desculpa? — Nox tentou não deixar o clima tão pesado. — Se foi, Kaelenar falhou nessa parte da sua educação.

— Kaelenar fez o que pôde. — Ela deu de ombros. — Enfim, desculpa por tratá-lo como se estivesse escravizado a mim. Eu jamais aceitaria isso.

Era curioso notar que Branca de Neve não percebia que, apesar de não estarem escravizados, não era possível afirmar que os feiticeiros protegiam os Pendragon por livre e espontânea vontade. Nox ainda não havia entendido se isso era sinal de ingenuidade ou incapacidade de ver o óbvio.

— Há luz e trevas em todos nós, do humano ao feérico, mas os humanos são os únicos capazes de escravizar tanto seres mágicos quanto seus semelhantes — o feiticeiro disse em voz baixa.

— Não é possível libertá-los? — Para Branca de Neve, a escravidão era algo que jamais deveria ter existido, e tendo existido, deveria continuar apenas nos livros de história. Os Pendragon nunca a aceitaram, e se envolveram em lutas em outros reinos para colocar um fim àquele mal terrível.

— Um feiticeiro escravizado vive mais do que quem o escravizou. A lâmpada em que são aprisionados é passada de geração em geração. Às vezes, ela se perde e é encontrada séculos depois. Cada humano que a possui tem direito a três desejos. Bastaria usar apenas um, e o feiticeiro seria liberto, não sendo obrigado a servir a mais ninguém. Preciso dizer o quanto é raro isso acontecer? Pessoalmente, eu nunca vi.

— Sinto muito. Há algum em Encantare? Se nós o encontrarmos, eu poderia libertá-lo.

Pela primeira vez, Branca de Neve viu Nox sorrir com sinceridade.

— Faria mesmo isso?

— No mesmo instante.

— Não há gênios em Encantare. Seus antepassados puniam severamente quem tentasse escravizar o que quer que seja. Isso antes mesmo da aliança entre nós. Não os parabenizarei por fazer o mínimo, mas, conhecendo o quão baixo as pessoas podem chegar, sua família tem senso moral.

O bosque ficou mais silencioso, como se fauna e flora fossem capazes de sentir os danos da escravidão. Branca de Neve se levantou remoendo as palavras antes de dizê-las:

— Não o chamarei a menos que realmente precise. — Nox assentiu, aceitando o pedido de desculpas e também se levantou enquanto ela continuava: — Não consigo sequer imaginar o quanto deve ser horrível ser escravizado.

— Imagine que você tenha um livro que ama muito. É um volume único e raro, e você decide dá-lo para alguém. O livro é importante e, por qualquer razão que seja, você decidiu que a pessoa vale a pena, então não sente dor ao entregá-lo. Pelo contrário, sente prazer. Agora, imagine se outra pessoa arranca o livro de você à força, sem o seu consentimento. Alguém ruim que deseja apenas tirá-lo de você para usar como lhe aprouver. Para acender uma fogueira, por exemplo. Como se sentiria?

— Muito triste e revoltada.

— Agora substitua o livro por sua vida, seus dons, o modo como escolheu viver. Tudo o que damos aos outros por vontade própria nos dá prazer de alguma forma. Seja físico ou emocional. Tudo o que é tomado de nós sem consentimento tem o poder gigantesco de nos destruir, tanto na forma como é arrancado quanto na dor e no vazio que deixam.

— É uma violência imensurável... — Branca de Neve afastou o olhar, envergonhada por ter feito Nox se sentir assim. Isso não fez com que gostasse dele, mas reconhecia que havia errado.

Cobrindo a distância entre os dois, ele a fitou nos olhos.

— E é por isso que você deve entender que quando um feiticeiro faz um juramento a um Pendragon é para proteger um ideal de mundo que acreditamos ser justo para todas as criaturas. Para que isso funcione, precisamos confiar uns nos outros, ainda que o laço seja difícil para alguns de nós. Assim como você não quer que eu esteja aqui, eu também não quero, e mesmo assim estou. Minha missão é proteger sua vida para que você possa viver para usá-la para tornar o mundo um lugar melhor e seguro a quem quer que seja, seres mágicos ou não. Se não protegermos o reino, os seres mágicos serão os primeiros a ser extintos. A fauna e a flora não terão como se defender do domínio desenfreado dos humanos — o vento balançou a folha das árvores, como se concordasse com Nox —, que não percebem que, com o tempo, se continuarem usando os recursos de forma tão insensata, destruirão o mundo inteiro e todas as dimensões paralelas. O fato de a vida dos seres humanos ser tão curta em relação à dos seres mágicos faz com que eles não se importem em proteger o mundo. Eles não estarão aqui para lidar com as consequências.

— E vocês estarão. — Branca de Neve abaixou a cabeça, percebendo que nunca havia pensado sobre a brevidade da vida humana.

Nox a deixou absorver as informações, depois colocou dois dedos no queixo dela, fazendo-a voltar a encará-lo, então falou:

— Assim como seus descendentes.

A aliança entre os Pendragon e merlinianos agora fazia muito mais sentido para Branca de Neve. Ela analisava Nox sob uma ótica diferente. Não que isso fosse tornar a relação dos dois complemente harmoniosa, mas não precisava ser tão difícil como era.

— Que a deusa me dê paciência para lidar com os seus descendentes. — Nox balançou o dedo para ela, querendo aliviar o clima. — Já imaginou uma leva de pestinhas tão fuxiqueiros que precisam escalar o castelo para se alimentar das fofocas reais?

— Você é um idiota. — Branca de Neve o xingou, mas riu com o pensamento. — Ai de você se não cuidar bem deles, seu feiticeiro intrometido.

— Pelo menos não sou mais insuportável. — Ele semicerrou os olhos.

— Insuportável, não. Agora terei que aprender a suportá-lo por um bem maior. — Ela levou o dorso da mão à testa. — Esse reino exige muito de mim.

— Pobre princesa... Achava que a coroa vinha com mimos, não com responsabilidades.

— Além de ser especialista em transporte mágico — ela recomeçou a andar em direção ao castelo —, você também recebeu uma porção maior do dom de ser irritante.

— Não vem, não. Eu soube que você recebeu porção dupla disso.

A princesa estava pronta para revidar quando a folhagem próxima a eles foi aberta pela passagem de um grande lobo que avançou rapidamente na direção dela.

CAPÍTULO 22

Após o almoço com Branca de Neve, Maya saiu do castelo em direção aos jardins e caminhou até a fonte. Sentou-se no banco de ferro pintado de branco que havia lá em frente. Permitiu-se fechar os olhos e usar aquele momento para agradecer à deusa Eris por permitir que voltasse ao castelo. Ao sentir algo pousar em sua mão, abriu os olhos para saudar o beija-flor.

— Senti saudade de encontrá-la tão contemplativa. — O rei surgiu do outro lado da fonte e aproximou-se para se sentar ao seu lado. — Merlina assumiu seu lugar e não há nada que se possa falar em demérito dela, mas, pela deusa, que feiticeira determinada.

— Não é à toa que ela e meu pai sejam irmãos. As reuniões no Palácio de Avalon eram intensas, para dizer o mínimo. — Maya ergueu a mão para o beija-flor voar, e ele se aproximou de seu rosto antes de partir.

— Soube que almoçou com Branca de Neve. O que achou de minha neta?

— Ela é um encanto. E deve ter deixado vocês de cabelo em pé enquanto crescia. — Referiu-se a algumas das peripécias que a princesa lhe contara.

— Ainda deixa. Pelo menos agora está com seu protetor juramentado. Kaelenar é juramentado ao reino e não pode cuidar dela o tempo todo. Logo o prazo dado por Electra se esgotará. — O rei refletia. — Como estão as coisas com Adrian?

— Tranquilas, eu diria. — Maya deitou a cabeça no ombro do rei e segurou sua mão. Ela foi sua protetora desde seu nascimento e o amava.

— Sabe que nada mudou, não sabe? — Mirthan inquiriu, fazendo-a se erguer.

— O que exatamente não mudou? — Ela ousou perguntar, apesar de imaginar a que ele se referia.

— Adrian ainda a ama, e o tratado ainda existe.

— O que te fez tocar neste assunto, Mirthan? — Ela não estava gostando do rumo da conversa.

— Para alertá-la, minha amiga, como você me alertou um dia. Vale a pena arriscar colocar o continente em guerra por amor?

Não era primeira vez que o rei lhe dizia essas palavras, mas, bem antes de Adrian nascer, havia sido Maya quem dera o mesmo conselho a Mirthan. Ela reconhecia a tristeza em seu olhar, que provavelmente estava refletida no dela.

— "O amor de duas pessoas não pode valer mais que a paz em cada universo", meu pai me disse isso antes de partir. Ele estava preocupado com um provável triângulo amoroso que acontecia do outro lado do portal, em Camelot. — Ela suspirou, como se conseguisse invocar Merlin através de suas palavras. — Meu pai agia como se as emoções fossem fáceis de controlar, como a magia é para nós. Acreditei nisso por muito tempo e sinto muito por não ter lutado mais por sua história de amor, Mirthan. — Ela segurou a mão do rei. — Eu deveria ter reunido o conselho do continente. Não acho justo que seja imposto a nós, imortais, que abramos mão de nossos dons se quisermos nos casar com um mortal. Desistir ou até mesmo compartilhar os poderes é algo que deve ser tido como uma dádiva, não como uma obrigação.

— Você estava certa, Maya. Eu não me perdoaria se Selina tivesse aberto mão dos poderes por mim, mesmo sabendo que ela tentou. — Ele se referiu à feiticeira por quem tinha se apaixonado. — Somos o que somos, afinal de contas. Eu tenho deveres com a coroa, assim como Adrian e Branca de Neve.

— Somos o que somos...

— Não acha estranho que tenhamos tanto poder e nem assim consigamos manter o próprio livre-arbítrio? — o rei perguntou, com o semblante fechado. Aquele era um assunto doloroso; nunca deixaria de ser.

Maya estava prestes a desenvolver o assunto quando um uivo cortou o silêncio.

Na floresta, havia um pequeno povoado conhecido como Alvorada das Ervas, que preferia viver longe da agitação da cidade e da curiosidade alheia. Entre eles, viviam seres humanos, com e sem magia, e feiticeiros híbridos. Era ali que os melhores curandeiros nasciam e aprendiam a arte da cura pela natureza. Parte dos nativos daquele povoado trabalhava para o rei, e uma porção menor residia no castelo.

Alvorada das Ervas era um lugar simples e acolhedor. As casas eram construídas com madeira, pedra e palha, e cercadas por belos jardins e árvores frutíferas. A constante atmosfera de paz e tranquilidade imperava.

Seu povo era amigável, porém discreto, preferindo concentrar-se em usar suas habilidades mágicas para curar os enfermos e proteger a floresta. Os bruxos que ali viviam não faziam parte de nenhum clã, sendo guiados pela magia *luminus* para aconselhar e nortear aqueles que precisavam de orientação.

Não muito longe dali, morava o Caçador, cujo chalé era a única habitação no raio de dois quilômetros. O Caçador era um mistério para todos. Poucos tinham visto seu rosto, e menos ainda sabiam sobre seu passado ou intenções. Ele parecia viver apenas para proteger aquela floresta, como se fosse sua única razão de existir. E talvez, de fato, fosse.

Diferente do que se pudesse imaginar sobre sua habilidade de caça, ela não era exatamente comum. Era o único que podia sentir, reconhecer e rastrear a magia cuja assinatura era particular para cada um que a utilizasse, indo muito além de *luminus* e *tenebris*.

Naquela tarde, o Caçador percorria a floresta silenciosamente, seus passos leves não deixavam nenhum traço de sua passagem. Ele conhecia cada canto e cada recanto daquele lugar. Sua ligação com a natureza era peculiar. Ele parecia um ser feito da própria floresta, como se a terra e as árvores fizessem parte de sua essência.

Seus olhos atentos esquadrinhavam o ambiente em busca de sinais de perigo ou de intrusos. Não gostava de visitas inesperadas em seu território e fazia de tudo para manter sua solidão e privacidade. Ainda assim, o coração bateu forte ao sentir a energia pulsante da natureza a sua volta.

Porém, naquele momento, algo chamou sua atenção. Um uivo longo e agudo ecoou pela floresta, arrepiando os pelos de sua nuca. Era um som que ele conhecia bem, mas que raramente ouvia. E sabia que não era um uivo comum, mas um pedido de ajuda. Aquele lobo chamava alguém em particular, alguém que estava no radar do Caçador havia muito tempo.

Sem pensar duas vezes, ele se lançou em direção ao som, com seu facão e seu arco em mãos, pronto para dar o passo mais importante de sua jornada.

CAPÍTULO 23

O LOBO CORRIA DIRETAMENTE PARA BRANCA DE NEVE, COM TAMAnha velocidade que quase derrapou aos pés da princesa quando se posicionou diante dela, com o focinho erguido, farejando o perigo.

O breve instante em que o animal cruzou o olhar com o de Nox foi o suficiente para que o feiticeiro segurasse o braço de Branca de Neve e dissesse ao lobo, com urgência:

— Enviarei ajuda.

— O que está acontecendo? — a princesa questionou, sem entender.

Ela não teve tempo de receber uma resposta porque Nox desapareceu com ela da floresta, reaparecendo no jardim do castelo, de onde Maya preparava-se para correr enquanto Adrian, que surgiu apressado, colocou a filha atrás de si.

— Proteja-a — Maya avisou a Nox, que assentiu sem se importar em dizer que essa era exatamente sua função, e se virou para Kaelenar, que se juntava ao grupo. — Você sabe o que fazer.

Adrian pediu a alguém para selar seu cavalo, Maya desejou ficar por mais um minuto para avisá-lo para não ir, era perigoso demais, mas não havia mais tempo. Ela precisava correr.

O príncipe sentiu a tensão no olhar da feiticeira. Sem perder tempo, deu um comando ao guarda e observou Maya avançar velozmente pelo jardim, com os cabelos cinzentos ao vento, dançando em torno de seu rosto. O corpo dela irradiava energia e poder, emanando uma aura mágica que iluminava tudo ao seu redor. Cada passo era determinado, impulsionando-a adiante com uma confiança inabalável.

À medida que ela se movia, começou a se transformar. As asas se desdobraram majestosamente, como chamas ardentes. As penas, reluzindo em um esplendor divino, formavam um deslumbrante espectro de cores, do lilás ao prateado.

Seus olhos brilhantes e penetrantes refletiam a sabedoria de séculos de conhecimento. Eram como estrelas cintilantes no céu noturno, revelando sua conexão profunda com os mistérios mágicos do universo.

Quando a transformação se completou, alçou voo pelos céus, como uma fênix ressurgindo das cinzas para enfrentar qualquer desafio que se colocasse em seu caminho. Uma chama prateada ardente queimava em suas asas enquanto ela voava até pousar ao lado do lobo e mudar de forma outra vez.

Ao pousar a mão na cabeça grande do animal, Maya conseguiu sentir sua agitação. Ele farejava o ar com as narinas dilatadas e rosnava, sentindo o mal que os rodeava.

Com os olhos cintilando com a intensidade da magia que emanava de seu corpo, Maya reconheceu que algo estava errado na floresta. Os animais pareciam inquietos e os sons da natureza tinham se calado.

De repente, um homem apareceu correndo, vindo do interior da mata, e parou a dois metros da feiticeira, com o capuz lhe cobrindo a maior parte do rosto. Não era para ele que o lobo rosnava, não era dele que o poder cruel vinha. Antes que Maya pudesse perguntar quem era ele, ambos foram cercados por gorgomores, criaturas malignas com garras venenosas. A feiticeira ergueu o escudo de energia.

— Você também sentiu o cheiro? — o Caçador perguntou à feiticeira, cortando a distância entre eles.

Ela assentiu e deu ordens diretas:

— Preciso baixar o escudo para lutar. Não os deixarei chegar ao castelo. Fique perto de mim e não tente bancar o herói. Se der um passo em falso, será morto.

O Caçador lhe lançou um sorriso cínico e não gastou fôlego para explicar que não era tão fácil assim de matar, então ergueu seu facão. Estava sem espada; usaria as armas que tinha.

Gorgomores eram seres grotescos, com dentes afiados e garras compridas, olhos vermelhos e brilhantes e o corpo coberto por pelos ásperos tão sujos que era impossível saber sua cor. Havia pelo menos vinte ali, e se moviam de forma ágil e silenciosa, saltando de galho em galho, preparados para atacar suas presas com uma ferocidade impiedosa.

Assim que Maya baixou o escudo, ergueu as mãos canalizando a energia da terra abaixo de si e transformando-a em raios que irromperam de suas mãos e avançaram até duas das criaturas, acertando-as na cabeça e matando-as instantaneamente. Isso fez as sobreviventes soltarem um grito agudo, como se compartilhassem a dor.

— Não me diga que a cabeça é o único ponto fraco deles? — o Caçador perguntou, e o lobo rugiu antes de saltar sobre uma rocha e derrubar um dos monstros das árvores.

Para ajudá-lo, o Caçador usou o arco e foi certeiro ao derrubar três dos inimigos em sequência. Maya estava tão concentrada em fazer o mesmo que mal teve tempo de se desviar e quase foi atingida por um dos seres que saltou em suas costas, mas foi salva pelo lobo que arrancou um pedaço da cabeça da criatura com a mordida. Maya agradeceu e avisou o homem que assumiu o lugar às suas costas.

— Proteja seu corpo. Se eles o acertarem, aos poucos, o veneno o paralisará e você se tornará uma presa fácil.

Era tarde demais. Uma fera abrira um rasgo no ombro esquerdo do Caçador. Maya estava prestes a erguer o escudo quando dois feiticeiros surgiram.

— Você fica quinze anos fora e quando retorna quer roubar toda a diversão? — Dandara questionou enquanto manipulava a magia para que as raízes das árvores saltassem da terra como lanças afiadas e atravessassem a cabeça das criaturas. — Precisa aprender que não está sozinha, Maya.

Em silêncio, Akemi, o feiticeiro recém-chegado, assentiu para Maya, manuseando o ar com maestria para manter os inimigos afastados, enquanto ela se apressava na direção do Caçador, cujas pernas começavam a se dobrar.

Surpreendendo-se por ver um homem resistir tanto ao veneno de um gorgomor, Maya o alcançou quando ele cravava o facão no olho de seu oponente, derrubando-o no chão e caindo em seguida. O capuz se abaixou e revelou o seu rosto.

— Preciso que preste atenção — ela avisou ao colocar uma mão sobre o ferimento no braço dele. Não era profundo, mas era o suficiente para matá-lo em breve, caso ela não agisse. — Eu o curarei. — Energia brilhante fluía entre eles, limpando as veias e artérias dele. — O veneno é muito forte. Então, assim que você estiver completamente curado, precisarei recobrar minhas forças por alguns minutos. Não se assuste.

Antes de ser ferido, o Caçador observara a feiticeira, seus olhos intensos e corajosos encontraram os dela por instantes. Nem um dos dois sentira medo, porém, agora, ao se sentir recuperado, mal teve tempo de segurá-la enquanto ela perdia os sentidos.

— Maya! — A voz do príncipe cortou o ar, fazendo Dandara e Akemi trocarem olhares.

Ele saltou do cavalo assim que chegou à batalha com seus guardas, então sacou a espada e não hesitou em se juntar à luta, protegendo a feiticeira que começava a se recuperar.

O Caçador e o príncipe protegeram os flancos da feiticeira, que ainda estava um pouco tonta, provavelmente pensando que ela demoraria a voltar à ativa. Eles se surpreenderam quando ela abriu os braços e acertou dois gorgomores em cantos extremos da batalha. Em meio às árvores, seu lobo a observava, atento a qualquer sinal de perigo, enquanto o número de criaturas vivas diminuía vertiginosamente.

Adrian se movia com agilidade, destreza e bravura. A respiração acelerada enquanto derrubava até o último dos inimigos. Nunca, em sua existência, vira o perigo chegar tão próximo ao castelo.

A poeira baixava e a paz parecia voltar à floresta, mas a tensão ainda estava entre eles. O corpo das criaturas malignas jazia pelo chão, suas garras ainda estendidas, os olhos sem vida fitando o céu.

— Alguém ferido? — Maya respirou fundo e sentiu um misto de alívio e exaustão ao olhar para seus companheiros. — Ainda que seja um pequeno arranhão, preciso saber para que possa curá-los. — Ela correu ao encontro de Solitude e o curou dos arranhões. Assim como ela, o lobo ainda não se recuperara completamente do cerco de Adrian.

Como se compartilhasse o pensamento e com o olhar carregado de culpa, o príncipe se juntou a ela e a amparou, enquanto Solitude demonstrava preocupação com um ganido. O lobo encarou o príncipe e mostrou os dentes durante o breve instante que Maya precisou para se manter em pé sozinha.

— Está tudo bem, meu menino. — Ela afagou a cabeça do animal, que parou de rosnar, mas manteve a atenção fixa no príncipe.

— Os curandeiros podem resolver pequenos arranhões, Maya. Se você curar mais alguém hoje, voltará desacordada para o castelo. — Kaelenar interveio, sem deixar espaço para argumentação. — Alinhem-se para que eu possa fazer uma triagem.

Como os feiticeiros não tinham machucados graves, o capitão da guarda avaliou seus homens, encaminhando os ferimentos leves para os curandeiros do castelo, restando apenas dois homens com cortes maiores que Maya insistiu em curar. Ela precisou ser amparada em seguida, sob o olhar zangado dos feiticeiros, mas não chegou a perder a consciência.

— Precisamos nos reunir para debater o ocorrido — Dandara analisou e murmurou para Akemi, que apenas concordou em silêncio. — Merlin nunca permitiria algo assim.

Sendo alguém de pouquíssimas palavras, Akemi examinava a situação ao redor. Abaixando-se perto de um dos corpos, pensava em como fora possível que as criaturas chegassem tão perto do castelo sem que ninguém percebesse.

Eram raros os feiticeiros com poder de cura, e havia menos ainda dos que conseguiam curar qualquer um que estivesse fora do juramento de proteção. A Ordem de Merlin tinha apenas um: Maya.

O lobo branco se aproximou da companheira, farejou seu rosto e deu-lhe uma lambida carinhosa. Ela sorriu, agradecendo pelo seu companheirismo incondicional.

O Caçador, que não voltara a colocar o capuz, e o príncipe conversavam, ambos com o rosto suado e sujo de terra. Maya percebeu que eles se conheciam. Isso explicava por que aquele homem entrara numa batalha da qual tinha poucas chances de sair. Aproximando-se, ele estendeu a mão para ela e o príncipe disse:

— Maya, este é Malakai.

CAPÍTULO 24

Anoitecia quando o grupo retornou ao castelo com um misto de alívio e preocupação. Não havia conforto na vitória da batalha na floresta, não quando não sabiam o motivo da investida dos gorgomores, nem se aquela seria a única vez que os enfrentariam.

Enquanto caminhavam pelos corredores, os feiticeiros trocavam olhares como se soubessem mais do que os demais e debatessem como contar o que sabiam. Adrian os observava com tanta atenção que percebeu quando Maya fraquejou, e a amparou discretamente antes que seus joelhos se dobrassem.

— Pedirei aos curandeiros que preparem um tônico para que você se recupere mais depressa — Dandara avisou, séria. — Vá até Nox, Akemi. Diga para que nos encontre na torre de reuniões em uma hora. Maya e eu atualizaremos o rei. — E se transportou para a sala do trono, onde o rei aguardava.

Dandara suspirou e sentou-se logo após acomodar Maya.

— Você não pode me dizer que estou me esforçando demais quando faz o mesmo — Maya argumentou. Não era comum que se sentisse fraca tão rápido após uma batalha, mas o veneno de gorgomor era um dos mais perigosos.

— Meu único esforço foi nos transportar depois de uma batalha, e eu não precisaria ter feito isso se você evitasse colocar essas suas mãozinhas curativas em cada humano ferido que vê.

— Você queria que eu os deixasse morrer? — Maya indignou-se.

— Eu queria que você os deixasse ser atendidos pelos curandeiros. A maioria sobreviveria. — Dandara foi firme. — Perdoe-me por ser prática, mas há muitos humanos, e apenas uma Maya. O dever me faria colocá-la em risco por um Pendragon apenas. E, não se engane, não me causaria prazer algum — ela resmungou, depois abriu um breve sorriso. — Você sabe que nenhum feiticeiro concordou com o seu exílio e é bom tê-la de volta, mas não aceitarei que você saia agindo impulsivamente por aí. Se tivesse vindo a mim antes de seguir Sarah, talvez tivéssemos encontrado um meio de resolver a situação sem que ela nos deixasse no ponto onde estamos.

As duas se entreolharam. Quando Merlin partilhou seus poderes e imortalidade com Maya, Dandara fora a primeira a criticá-lo antes de se encarregar pessoalmente do treinamento da garota. Maya ainda era uma criança, mas lembrava-se bem de ouvi-la dizer que havia apenas um Merlin. Isso a fez lançar um sorriso compreensivo e segurar a mão de sua antiga tutora ao dizer:

— Não quero me indispor com você, Dandara, nem sair agindo impulsivamente, mas aqueles humanos são únicos para alguém também. Se eu puder salvar todos, salvarei.

— Eu sei. O que me pergunto é: a que custo? — Dandara manteve a expressão neutra quando o rei e o príncipe entraram.

Cada passo parecia carregado de uma urgência que não podia ser ignorada. A incerteza pairava no ar, pesando nos ombros de todos.

— Majestade — Dandara fez uma breve reverência, tomando a palavra para si —, na ausência de Merlina, estou a seu serviço como protetora. Além disso, como sabe, agora que Maya está de volta, os Sete Guardiões de Encantare estarão ainda mais fortes em suas funções. — Sua explicação não pareceu novidade para o rei, por isso Maya supôs que estivesse endereçada a Adrian e ela.

Dandara era líder dos Sete Guardiões de Encantare havia cinco séculos e cumprira sua função com dedicação, mesmo quando tiveram que se adaptar à crise que se sucedeu ao exílio de Maya.

Ela mantinha o olhar atento e vigilante sobre todos ao seu redor, sempre pronta para agir caso a situação exigisse. Seu comportamento poderia mudar radicalmente se considerasse necessário.

Dandara manteve-se ereta com as mãos para trás, como uma verdadeira capitã pronta para planejar uma batalha, e informou os últimos eventos ao rei, que a ouviu em silêncio.

※

Branca de Neve fechou a porta do quarto com mais força do que deveria após Nox ir para a reunião dos feiticeiros. Por enquanto, a única informação que tinha era de que o castelo estava em alerta por causa das criaturas malignas na floresta. Ela poderia deixar o quarto e tentar investigar, mas seus olhos pesados lhe diziam que devia dormir.

Sentou-se em frente à penteadeira e começou a escovar os cabelos pretos e macios. Havia acordado cedo para a cavalgada da manhã e lutava com o sono quando colocou a escova de volta sobre o móvel.

A princesa encarou seu reflexo, prestando atenção nas discretas sardas espalhadas em seu rosto. Elas pareciam se mexer. Piscou várias vezes e a sensação continuou. O sono devia estar brincando com sua mente.

Quando enfim se convenceu de que devia ser uma ilusão causada por exaustão e virou-se para se deitar na cama, o espelho tremeluziu.

CAPÍTULO 25

A SALA DE REUNIÕES DOS FEITICEIROS, QUE FICAVA NO ALTO DA torre leste, era considerada um lugar sagrado no castelo. Não era possível entrar ali se não fosse um dos guardiões ou da realeza, mas qualquer um conseguia sentir a magia formigar no peito como se lhe acariciasse o coração. As paredes eram revestidas por veludo lilás e as cortinas de seda brancas deixavam entrar os raios lunares. As cadeiras eram estofadas em couro, confortáveis o suficiente para horas de reunião, se necessário.

A mesa era decorada com velas de cera branca que emitiam uma luz suave e amarelada, iluminando o rosto dos feiticeiros ali presentes. Em seu centro, havia duas garrafas de vidro cheias de néctar de Orquídea da Lua Cheia, uma flor nascida apenas nas terras sagradas de Avalon, que era capaz de agilizar a restauração da energia dos feiticeiros.

Naquele momento, Akemi servia uma segunda taça à Maya, colocando-a de frente para ela. A feiticeira deu mais um gole lento, evitando fitar os olhos de Akemi.

Akemi tinha olhos castanho-escuros com uma leve curvatura, e sobrancelhas finas e levemente arqueadas que davam um ar de seriedade e sabedoria ao seu rosto. Havia algo em seu olhar que fazia a atenção de qualquer um ser capturada. Quando acontecia, era como se ele pudesse ler a alma das pessoas, e era exatamente por isso que Maya o evitava.

Os quatro se encaravam em silêncio havia cinco minutos.

— Vamos debater o assunto ou vocês pretendem ficar se olhando até o sol nascer? — Nox espalmou a mesa, quebrando a tensão. — Não sei vocês, mas a pior missão é a minha: aquela princesa pensa que pode voar. Por que ninguém me avisou sobre isso?

— Você se adaptará a Branca de Neve. — Dandara sustentou o olhar indignado de Nox. — Sim, se adaptará.

— Por que eu preciso me adaptar a ela e não ela a mim? Ou, no mínimo, nós dois um ao outro?

— Porque o tempo de vocês se adaptarem juntos passou — a feiticeira continuou com tranquilidade. Se ouvissem apenas seu tom, não imaginariam a repreensão que havia ali. — Foi você quem escolheu se afastar da sua obrigação como feiticeiro juramentado por anos. A princesa tem uma ligação parental comigo e Kaelenar por sua causa.

— Por Eris, vocês queriam que ela tivesse esse tipo de ligação comigo? Eu não tenho culpa que Maya matou a mãe dela. Sem contar a morte suspeita e sem solução até hoje, não é mesmo? — Nox virou a cabeça e perscrutou a prima.

— Não entrarei em seu jogo. — Maya manteve a postura. — Qualquer um sabe que eu jamais mataria Lince. Ele foi o único que me aceitou quando meu pai forçou minha presença e convivência com os outros feiticeiros. Lince foi o único que nunca acreditou que Electra pudesse me influenciar.

— Talvez por acreditar tanto, meu irmão abaixou suas defesas para quem não devia.

— Parem, os dois. — A voz de Dandara mal passou de um sussurro. — O perigo nos espreita.

A feiticeira repetiu o que fora decidido na sala do trono: era preciso reforçar a guarda, seja ela composta de humanos ou de feiticeiros. Na manhã seguinte, Akemi e ela procurariam por rastros dos gorgomores para tentar descobrir de onde vieram e por quê. Essas criaturas não costumam se afastar muito de suas cavernas e ali, perto do castelo, não havia nenhuma. Algo as instigara a vir e cabia a eles descobrir.

— Patrulharei amanhã também, em horário alternado. Devemos estar ainda mais atentos — Kaelenar avisou, da porta, encostado no batente.

— Você demorou, Kae. — Dandara empurrou uma das cadeiras com os pés para que o capitão da guarda pudesse se sentar.

— Você também demoraria se tivesse que cuidar de toda a guarda do castelo depois de um ataque tão próximo. — Ele se jogou na cadeira, servindo-se do néctar de Orquídea da Lua Cheia. — Meus homens queimaram os inimigos que pereceram na batalha e nós perdemos dois guardas como consequência da luta. — Ele evitou o olhar de Maya. Por mais que ele quisesse que ela salvasse a todos, sabia que era arriscado e não abusaria do poder.

— Enfim, apesar de Merlina não estar aqui, agora somos seis. — Dandara tocou no assunto que fez com que todos à mesa se retesassem. — Gostaria de saber o que vocês pensam sobre sermos sete outra vez. Tenho certeza de que qualquer um dos filhos mais novos de Merlina ficaria honrado em se juntar a nós.

— Não — Maya e Nox disseram ao mesmo tempo.

Essa era uma das poucas coisas em que concordavam: substituir o lugar de Lince era assumir que não havia mais esperança de trazê-lo de volta, e nenhum dos dois estava preparado para aceitar isso.

Decidido a mudar o assunto, Nox cruzou as mãos atrás da cabeça e jogou a bomba:

— Agora que sabemos que Sarah é a responsável pela própria morte e que ela mantinha o príncipe apaixonado sob feitiço, o que impede que Adrian e Maya quebrem a regra que diz que Pendragon e feiticeiros não podem se casar sem que o feiticeiro em questão compartilhe sua imortalidade? E onde Merlin estava com a cabeça quando permitiu que um tratado tão estúpido como esse fosse assinado?

— Qual o seu objetivo com essa conversa? — Maya reagiu. — Adrian e eu mal nos falamos desde que retornei.

— Sendo sincero, perguntei pela intriga — ele deu um sorriso torto —, mas estou curioso. Não me venha com essa de mal se falaram. Desde quando isso é impedimento para vocês dois? Todo mundo sabe que o que vocês têm é mais intenso do que palavras podem descrever. Não me olhe assim, prima. Se observar com atenção, verá que estou do seu lado. Já não basta que sejamos obrigados a protegê-los, eles ainda querem nossa imortalidade, caso nos apaixonemos por eles?

— Nós não estamos aqui por obrigação — Kaelenar interveio.

— Diga isso por você. Não vejo diferença no que fazemos para quando nos aprisionam com aqueles braceletes. O mundo é imenso, e nós somos imortais. Vocês estão mesmo satisfeitos em viver presos aos Pendragon para sempre?

— Nox — Dandara disse, o olhar feroz advertindo o feiticeiro mais jovem.

Nem Maya nem Nox eram nascidos quando Merlin fez o juramento, mas Dandara, Kaelenar e Akemi eram. De alguma forma, fazia mais sentido para eles, e Maya aceitara desde cedo sua missão, mas Nox era uma potência tão intensa que mal cabia em si mesmo. Ele odiava a aliança com toda a sua força.

Um clima tenso cobriu a torre. Aquela conversa, repetida inúmeras vezes ao longo dos séculos, nunca terminava bem.

— Desculpe-me — Nox disse, por fim, contrariado. — Tenho me esforçado para manter a indignação sob controle. — Akemi levantou a sobrancelha ironicamente e Nox gargalhou. — Qual é? Acreditem. Esse aqui sou eu com a indignação controlada.

— Por Eris, não quero nem pensar no que sua indignação descontrolada causaria. — Dandara balançou a cabeça, mas sorriu aliviada.

— Ele poderia implodir o reino sozinho — Kaelenar completou, levantando-se.

— Não. — Nox acompanhou o capitão da guarda e acrescentou: — Quem pode implodir o reino são Maya e Adrian. Eu não compro esse papo de que a maldição sobre Branca de Neve tem a ver com alguém querendo derrubar a aliança. Não que eu seja contra, mas o que isso mudaria? No máximo, eu iria embora, mas vocês continuariam aqui, protegendo a princesa. Se fossem derrubar a aliança, eu saberia. Eu seria o primeiro da fila. Esse cérebro lindo — apontou para a própria cabeça — saberia exatamente o que fazer. Não faço, porque, apesar de considerar a aliança estúpida, sei que a maioria da Ordem a aprova, e eu não me cansei o suficiente para me tornar um tirano. — Seu sorriso era um mistério. — Ainda.

— Aonde você quer chegar com essa conversa? — Maya caminhou até ele e parou a centímetros de distância. Estava cansada das ironias do primo.

— Maya... Sangue do meu sangue. Meu irmão está morto provavelmente porque você tentou salvar seu príncipe e a princesinha dele. — Um brilho selvagem se acendeu nos olhos do feiticeiro. — Você sabe que eu teria deixado os dois queimarem se isso garantisse a vida do meu irmão. Mas, quando Lince morreu, Dandara me caçou pelo mundo e me obrigou a voltar para fazer o juramento de proteção à Branca de Neve. E agora eu entendo por quê. — Ele abaixou o tom, e sua voz não passou de um sussurro rouco dito perto da orelha de Maya: — Se você pensar em colocar Branca de Neve em perigo para tentar salvar o pai dela, eu mato você. — Ele deu um beijo estalado na bochecha dela e desapareceu em sua névoa lilás.

CAPÍTULO 26

MAYA ESTAVA AGITADA QUANDO DESCEU AS ESCADAS DOS FUNDOS do castelo e foi em direção ao jardim, intuindo que Solitude estivesse por lá. Não pretendia demorar. A conversa com Dandara e Akemi após a saída de Kaelenar e Nox não fora fácil. A líder dos Sete Guardiões não negou que o primo estivesse certo. Seu pai tinha outros irmãos mais jovens que geraram filhos tão poderosos quanto os de Merlina. Mas era necessário que o protetor de Branca de Neve fosse justamente alguém disposto a matá-la antes de sequer fazer o juramento. Nox estava ali para ser a medida de contenção de Maya caso a maldição não fosse quebrada e eles decidissem não entregar Branca de Neve. Que tipo de monstro eles pensavam que ela era?

Os Sete Guardiões acreditavam que Branca de Neve seria uma rainha justa e a responsável por muitas mudanças. Seus antecessores foram criados *com* feiticeiros, mas, com a morte de Sarah e a doença de Adrian, a princesa fora criada *por* feiticeiros, e esse detalhe era cada vez mais evidente em seu comportamento.

A feiticeira não demorou a ouvir a respiração acelerada do lobo ao correr em volta de um homem, como se fosse um cachorrinho. Ela sorriu, mais uma vez grata por ter encontrado Solitude na floresta antes que os gorgomores chegassem.

— Aí está você, Soli. — Ela mal completou a frase e o lobo correu e afundou a cabeça em seu peito, tão imenso que não precisava se erguer para isso.

— Quem vê você agindo como um filhote nem imagina como você lutou bravamente. — Ela lhe beijou a cabeça e se sentou em um dos bancos, com o lobo deitando-se a seus pés.

— Um lobo gigante que luta ao lado de feiticeiros. — Malakai se sentou no chão ao lado do animal para acariciá-lo. — Há uma primeira vez para tudo.

— É a primeira vez que vejo um desconhecido correr para uma luta em que a chance de sair vivo era mínima — ela comentou ao afagar a orelha do lobo, que se derretia todo, mas o Caçador sabia que a frase tinha sido dirigida a ele.

Malakai deu um meio sorriso. Ela não parecia sentir a magia que vinha dele.

— Fui atraído pelo uivo do lobo — ele respondeu. — A deusa foi providencial ao me colocar em uma batalha com a única pessoa que poderia me curar. — Sua admiração era sincera. Como feiticeiro, ele sabia o que poderia acontecer a ela se abusasse do poder. — Nunca vi alguém como você, disposta a arriscar a vida para curar o outro.

— Você já ouviu falar dos Lumivitae?

— O povo que foi escravizado e dizimado por ter a habilidade de curar humanos, mesmo quando a morte queria levá-los. Ouvi a história quando menino. Não sabia se era real ou uma lenda.

— Eles eram reais. Ainda há alguns descendentes por aí. Eu sou, por parte de mãe, apesar do dom não ter se manifestado, até onde eu sei, em ninguém da minha família além de mim. Se eu não fosse feiticeira, por parte de pai, provavelmente seria muito arriscado salvar a vida de alguém. Há sempre um preço.

— Enfraquecer-se, como vi acontecer, para curar a mim e aos outros. É um preço alto.

— Com o tempo certo de descanso, eu me recupero. Passará a noite no castelo? — Ela o viu assentir. — Enquanto não soubermos exatamente o que está acontecendo, não é seguro atravessar a floresta, mesmo para um Caçador com sangue de feiticeiro e bruxo.

— Ah, então você sentiu? — Ele a fitou, despreocupado.

— Sou parte bruxa. Nossa miscigenação não é comum. É natural que possamos sentir um ao outro. — Era o máximo que ela revelaria a ele sobre sua ascendência. — Eu entendo que não queira dizer, e seu segredo está seguro. Feiticeiros podem ser muito desconfiados, ainda mais com Encantare sob ataque.

— Eu não me importo que desconfiem de mim. Sei o que faço aqui e isso basta.

— Notei que Adrian e você são próximos.

— Nós nos conhecemos há um tempo. — Ele foi enigmático.

Os sons da noite caíram sobre os dois, cada um pensava no que os aguardava e a quem acabariam traindo.

— Nunca houve ninguém como você também. Um Caçador híbrido. Você é poderoso. — Ela manteve o olhar longe quando fez a afirmação, e ele se manteve calmo, sem querer evidenciar o quanto. — Sempre admirei os caçadores. São poucos, mortais e, ainda assim, seguem resistindo.

— O poder da natureza é avassalador. — Ele resvalou os dedos nas flores próximas, e elas pareceram dar risadinhas sob seu toque. Maya sorriu ao perceber, mas seu semblante se tornou sério em seguida. — Você não parece bem.

— Quanto mais poderosos somos, mais nossas escolhas definem o rumo do mundo.

Durante seu exílio, tudo o que Maya queria era voltar e proteger as pessoas que amava. Uma vez no castelo, seu propósito tornara-se turvo. Era fácil para Nox julgar tão rápido que ela entregaria Branca de Neve para salvar Adrian, quando ele não sabia que isso também traria Lince de volta. Ninguém, além de Maya e Electra, sabia.

— Essa escolha é importante? — Malakai atreveu-se a perguntar.

— Todas são. Até a menor delas, aquelas que fazemos sem pensar no dia a dia. Ao escolher, deixamos algo para trás. Às vezes, algo muito precioso. Nem sempre dá para saber antes de tomar a decisão.

Quando Malakai abriu a boca para falar, o som de passos os atingiu. Adrian surgiu à luz dos fracos postes de iluminação. O Caçador se levantou no mesmo instante, tão apressado que chegou a trombar com o príncipe antes de deixar o jardim.

— Interrompo? — Adrian questionou, embora fosse a última pergunta que gostaria de fazer, e a viu negar com a cabeça.

— Vim procurar Solitude, e ele estava aqui com Malakai.

— Você não me deve explicações, Maya. — O príncipe pareceu sem jeito.

— Eu sei.

Estar perto de Maya era um desafio. Nos anos de exílio, amor e ódio se digladiavam no coração do príncipe. O sentimento era confuso, como se estivesse envolto por um material denso que o impedia de enxergar além da história que seus olhos lhe contaram naquele dia.

— O que faz aqui, Adrian? — A pergunta o fez abandonar os pensamentos e olhar para ela.

— Estava procurando por você.

A frase a deixou sem palavras. Esperara dezoito anos para ouvir aquilo, ainda que agora certamente estivesse em um contexto diferente.

A brisa gelada parecia levar os dois ao mesmo lugar: o fim da primeira semana de inverno, quando Branca de Neve completou sete dias de vida. A princesa era pequenina e delicada, quase não chorava. Era tão branca quanto a neve que lhe dera o nome, e os cabelos escuros como o ébano, que herdara do pai.

O reino estava em festa. Os feiticeiros pareciam encantados, como nunca estiveram antes com um bebê humano. Os bebês costumavam ser apenas mais uma parte do trabalho, mas não ela, não Branca de Neve. Eles podiam sentir que ela era especial. Infelizmente não foram os únicos; de alguma forma, Electra também sabia.

— Quer se sentar um pouco? — Maya passou a mão pelo espaço vazio a seu lado. Era difícil não voltar ao passado quando estava perto de Adrian.

Ele aceitou o convite, e ela tentou ler o mistério e a profundidade em seu olhar. Estremeceu, e nada teve a ver com a brisa gelada, apesar de fingir que tenha sido quando Adrian tirou seu casaco e o colocou sobre os ombros dela.

— Hoje, quando a vi lutando para proteger o reino e se arriscando sem hesitar, lembrei-me de algo que lutei para esquecer: o quanto você é capaz de se sacrificar. Eu não devia ter deixado a dor me cegar, muito menos permitir que ela se transformasse em ódio. Não sei se palavras são suficientes. Eu devia saber que você jamais faria aquilo. Devia ter entendido que você também estava sofrendo. Fui covarde. Passei anos com raiva de mim mesmo por ainda amar você e pensando que você tivesse traído esse amor ao matar Sarah e colocar Branca de Neve em risco. Sendo que estava fazendo o que sempre fez: cuidar de nós. Não sou digno sequer de que fale comigo ou olhe para mim.

Maya percebeu que o corpo do príncipe estava rígido. Era como se ele tivesse mudado a raiva de direção e a apontara para si próprio. Dezoito anos tinham um impacto diferente para quem tinha quase trezentos e para quem mal completara quarenta. Ela entendia que era natural para o Adrian mais jovem reagir daquela forma, ainda mais sob feitiço. Isso não queria dizer que não tinha doído. Tinha, e muito.

— Você estava enfeitiçado. Mesmo que quisesse ser justo, não conseguiria. Eu soube que você adoeceu depois. Foi seu corpo lutando contra o feitiço e perdendo. Você podia sentir que algo estava errado, certo?

— Sim, e não saber o que era me enlouquecia.

— A morte de Sarah abalou a magia, já que foi ela quem a solicitou, mas ficaram resquícios. Isso somado ao que você viu naquele dia abre um precedente à sua interpretação dos fatos. Eu poderia ter ficado e explicado, mas não fiz isso.

— Por quê?

— Primeiro, foi um choque para mim também. Você se apaixonou por ela em instantes e... senti raiva. Eu usava a energia da raiva para me manter longe de vocês dois. Os meus sentimentos me cegaram. Se eu apenas servisse ao reino e protegesse os Pendragon teria sido capaz de perceber algo. Eu entendi a complicação que nosso amor significava, compreendi porque tia Merlina e Mirthan foram categoricamente contra. Sentimentos são capazes de nos desfocar do nosso dever.

— Você acredita que se tivéssemos ficado juntos, não conseguiríamos cumprir com nosso dever para com o reino?

— Eu não sei, Adrian. — Ela deu um suspiro, cansada. — Penso sobre isso há dezoito anos e ainda não tenho uma resposta. O que sei é que não hesitei em matar Sarah para salvar a sua vida. — Maya não escondeu a verdade. — É claro que minha intenção também era salvar Branca de Neve, mas não ao custo da sua vida. Se eu tivesse deixado você morrer naquele dia, a maldição seria paga com a sua vida, e Branca de Neve estaria livre. — Ela estremeceu outra vez.

— Venha. — Adrian lhe estendeu a mão. Era loucura permanecer lá fora com o inverno tão próximo, mesmo vestindo roupas apropriadas. — O que acha de continuarmos a conversa na biblioteca?

Apesar de ambos estarem usando luvas, o toque espalhou um laço de calor entre eles. Uma familiaridade acolhedora que um passado trágico não conseguia apagar. Solitude os acompanhou, atento, e se refugiou no tapete próximo à lareira.

O interior de todo o castelo era aquecido e não havia necessidade de usar casaco ou luvas. Quando terminaram de despir as peças, Adrian tomou as mãos da feiticeira entre as suas.

— Sinto muito pelo que você passou, pelo que eu a fiz passar. Enfeitiçado ou não, foi errado. Já tentamos conversar sobre isso, mas eu lhe devo um pedido de desculpas. Estamos frente a frente um do outro e podemos trabalhar juntos para vencer essa maldição. Mas não quero que se sinta compelida a nada. Não acredito que você ofereça perigo a Branca de Neve, então... se quiser partir, ninguém lhe prenderá aqui.

— Nada me prende aqui depois que os braceletes foram removidos. — Ela se afastou do príncipe e acariciou os punhos, por instinto.

Adrian passou a mão pelo rosto, agitado. A barba basta estava feita e sua aparência ficava cada vez melhor agora que estava totalmente livre do feitiço.

— Como pode estar tão calma depois de tudo o que eu lhe causei? — ele perguntou. — Como pode não estar com raiva?

— Eu estou com raiva — ela respondeu, tranquila, e Adrian ergueu a palma das mãos, na tentativa de inquiri-la, mas só a fez rir. — Você se sentiria melhor se eu usasse magia para jogá-lo do outro lado da biblioteca?

— Talvez. — Ele fez careta e acabou rindo da própria resposta.

O olhar ainda sorridente dos dois se encontrou. Era a primeira vez, depois do retorno de Maya, que ficavam tão à vontade na presença um do outro.

— Eu aceito seu pedido de desculpas. Prefiro destinar a energia da raiva para a pessoa que orquestrou tudo isso.

— Electra? — A pergunta era retórica.

— Não acredito que ela tenha agido sozinha.

— Faz sentido. Alguns detalhes são particulares demais, não é? — Ele tampouco acreditava que o que aconteceu, e ainda acontecia, fosse plano de uma só pessoa.

— Sim.

— Desconfia de alguém?

— Não tenho um suspeito, mas sei que eu sou a suspeita de muita gente.

— Mesmo depois do *mentallus*, há quem desconfie de você? Não me parece justo.

— A desconfiança não tem a ver com o que houve com Sarah, mas com o que eu fiz para proteger você. Sem contar que eu nasci com um sinal de perigo apenas por ser filha de Electra. Minha mãe enganou meu pai. Depois meu pai enganou minha mãe. Eu fui concebida para destruir os feiticeiros, não para me juntar a eles e proteger os Pendragon. Os feiticeiros têm motivo para não confiar em mim. Eu os traí uma vez.

— Isso foi há mais de duzentos anos.

Adrian conhecia a história. Electra fora esperta o suficiente para enganar o próprio Merlin e conceber sua filha na esperança de ele compartilhar a imortalidade com as duas para protegê-las da morte, mas Merlin se vingou separando-as e tornando apenas Maya imortal. Maya era a única feiticeira híbrida que tinha acesso a Cidade de Avalon, a cidade em que os feiticeiros moravam: uma ilha escondida entre as nuvens bem acima de Encantare. Os feiticeiros híbridos eram livres para viver em na Ilha Submersa de Avalon, que era igualmente mágica, mas ficava entre o mundo mágico e o mundo sem magia: uma ilha submersa em um imenso lago nas fronteiras de Camelot, cidade habitada por humanos do outro lado do portal.

Essa separação não era bem-vista. Tanto mistério sobre a Cidade de Avalon gerou intrigas entre os seres mágicos, que diziam que os feiticeiros se sentiam tão superiores quanto os deuses, e foi o que Electra usou para se reaproximar da filha, quando ela estava com dezesseis anos. Jovem e imprudente como era, Maya não percebeu o plano da mãe até que fosse tarde demais. Electra não conseguiu o que queria, mas matou dois feiticeiros no processo.

— O tempo é diferente para feiticeiros, e realmente acredito que eles não desconfiavam mais de mim quando a morte de Sarah aconteceu, mas as circunstâncias são complicadas. — Maya caminhou por um corredor repleto de livros, passando o indicador nas lombadas. — No momento, todos desconfiam de todos, e isso, eu sei, é o que Electra queria. Ela tentou fazer isso quando meu pai me levou para morar na cidade suspensa de Avalon.

— Eu disse a Sarah que amava você. — A informação de Adrian fez com que Maya se sobressaltasse e se virasse para ele. — No dia em que eu a conheci e soube que era minha noiva, eu lhe dei a chance de rejeitar o noivado feito por nossos pais. — Adrian se aproximou. — Eu disse que amava você e que nada no mundo poderia mudar isso, nem magia. Sem querer, acho que dei a ideia a ela.

— Se ela estava disposta a entregar a própria filha em troca do seu amor, teria buscado ajuda na magia mesmo sem você ter dito isso. O que foi feito está feito. O presente é o que importa. Vamos quebrar a maldição e salvar Branca de Neve.

Sob o teto iluminado da biblioteca, um lugar que fora testemunha do amor que sentiam um pelo outro, Adrian segurou o punho de Maya e a puxou levemente para si, encostando a testa na dela. A intimidade entre os dois retornava como se nunca tivessem se separado.

— Odeio lhe pedir isso, mas se tiver que escolher entre mim e minha filha, por favor... — Ele não completou a frase.

Um gemido de dor escapou dos lábios da feiticeira. Sarah fora a primeira humana que ela matara, e apenas para fazer uma contramaldição que desse mais tempo a Branca de Neve e não custasse a vida de Adrian. Como ela seria capaz de escolher deixá-lo morrer?

— Não me peça isso, Adrian.

Por amor, seu pai fora responsável pela aliança que os ligava. Por amor, Maya não conseguia limitar o que seria capaz de fazer. Ela daria a vida para manter todos vivos, e passara os anos de exílio procurando um meio de quebrar a maldição. Jamais tivera o desejo de fazer mal a Branca de Neve nem a qualquer pessoa, mas se tudo falhasse e Maya não a entregasse, Adrian estaria condenado, assim como Lince.

— Não há mesmo nada que eu possa fazer para que você me odeie e me jogue para os leões quando a hora chegar? — Ele a soltou e deu dois passos para trás, como se tentasse impedir seu corpo de fazer o que desejava.

— Eu não consegui nem atirar você do outro lado da biblioteca, que dirá aos leões. — Maya abriu um sorriso triste.

— Nós faremos o impossível para quebrar a maldição e salvar minha filha, não é?

— Prometo. — Ela se encostou na estante de livros alta e forte o suficiente para a amparar.

— Se não posso convencê-la a me deixar morrer para quebrar a maldição e se o amor entre nós segue ardendo após feitiço, maldição e exílio, eu posso...

— Sim — ela respondeu com rapidez, não o deixando terminar. — Por favor, sim.

Em um piscar de olhos, Adrian cortou a distância entre eles e tomou os lábios de Maya nos seus com a urgência reprimida nos anos em que estiveram separados. Ela agarrou a camisa do príncipe e o puxou para mais perto, enquanto ele pressionava seu corpo na estante, sentindo o fogo da fênix que havia em Maya se espalhar entre eles, derretendo-os e fundindo-os como duas almas que nasceram para ser uma.

CAPÍTULO 27

Na manhã seguinte, quando Maya acordou, Adrian estava sentado em uma poltrona, admirando-a. Ele estava com as roupas da noite anterior, amassadas após horas amontoadas no chão.

— Como eu pude ser tão idiota por tanto tempo?

— Quer mesmo que eu diga? — Ela bocejou, tirando-lhe um sorriso e procurando as palavras certas. — Você tinha pouco mais de vinte anos, a situação era comprometedora e você cometeu um erro de julgamento. Pelo tempo que vivi, acredite, minha cota de erros é maior.

Adrian se lembrou do incômodo que costumava sentir no passado quando alguém citava o fato de que Maya tinha mais de dez vezes a sua idade. O próprio pai usara esse argumento numa tentativa frustrada de fazer o filho entender que uma humana seria uma escolha melhor para esposa. Analisando a situação em retrospecto, o príncipe conseguia entender que parte de sua reação se deu pela imaturidade de tão tenra idade.

Ele se aproximou da cama para dar um beijo na feiticeira.

— Ainda quero me casar com você e abro mão da coroa para que você não precise renunciar à sua imortalidade. Pouco importa o que foi tratado pelos meus antepassados, não permitirei que desista de seu poder vital.

Maya acariciou a barba de Adrian e se sentou, vestindo a camisola de seda. Fisicamente, ela não mudara nada de quando o vira pela última vez. Já ele, tinha os ombros mais largos, o corpo atlético marcado por cicatrizes de batalha, as quais ela acariciara durante a madrugada. O passar dos anos e as marcas do tempo não diminuíam em nada o que sentia por ele, pelo contrário, o homem a atraía ainda mais; mas apertava-lhe o coração saber que a vida de um humano era efêmera demais para os feiticeiros.

— Eu quero ficar com você e queria que fosse mais simples. Ainda mais agora com tanto em jogo. Você sabe que não é minha intenção entregar Branca de Neve, não sabe? — ela perguntou de repente, então se levantou e se afastou.

— Eu sei, Maya. — Ele cortou o espaço entre os dois e não permitiu que a antiga frieza se instaurasse. — Olhe para mim. — Tocou seu queixo, com carinho, fazendo-a fitá-lo. — O que a atormenta?

— Madrastas e maldições. — O pensamento a incomodava. Ela mordeu o lábio inferior antes de dizer: — Sou filha de Electra. Ela tenta me usar como arma desde que eu era criança. Ainda não sei se eu deveria estar aqui tão perto de o prazo se encerrar. — Ela fez uma pausa e observou a respiração calma e satisfeita de Adrian. Percebendo que não ia conseguir continuar sem solucionar a dúvida que a assolava há dias, prosseguiu: — Estou para perguntar há alguns dias... naquela tarde, quando você me encontrou na floresta, como chegou a mim?

— Malakai rastreou você — Adrian contou, evitando encará-la.

Maya buscou os olhos de Adrian. Fazia sentido que o Caçador a rastreasse, o que não fazia sentido era o momento... Ela prendeu o ar quando compreendeu.

— Sua intenção era me matar.

— Era — Adrian admitiu, com tristeza. — Eu acreditava que você era a assassina de Sarah e não aceitava que você tivesse feito uma contramaldição para proteger Branca de Neve. A possibilidade de você e sua mãe estarem agindo juntas era muito real para mim. Quando ouvi meu pai conversando com sua tia sobre a importância de manter você por perto, entendi que seria arriscado demais para a minha filha. Então cacei você e pensei que conseguiria matá-la, mas não consegui, e a trouxe para ser julgada. Você seria condenada à morte, e alguém terminaria o que não pude. — Ele não escondeu a culpa em suas palavras.

Maya absorveu a informação. Não era novidade para ela que se Adrian realmente desejasse, ele a teria executado havia muito tempo, e amando a filha era natural que ele quisesse se livrar de uma possível inimiga. Ainda assim, doía. Tentando agir como dissera na noite anterior, direcionou a raiva para

Electra. A mãe era a responsável pelo que viviam e tinha um prazer extra ao saber que feria Maya.

— Você confia em Malakai? — perguntou, atentando-se ao momento presente.

— Confiaria a minha vida a ele. — Adrian foi taxativo e se afastou, dando um tempo para Maya, que foi ao guarda-roupa e o abriu, pegando um vestido.

Se o príncipe estranhou a ausência de magia, não fez comentários.

— Tivemos uma conversa difícil na reunião dos feiticeiros. Sei que pertenço aos Sete Guardiões e que eles me apoiaram durante o exílio, mas, com a maldição quase se cumprindo, temo que eles não tenham certeza se devem ou não confiar em mim.

Não havia ressentimento na voz de Maya. Ela conversara com Lince sobre o assunto muitas vezes, e sem o primo nesse campo de existência, não havia quem lembrasse aos outros feiticeiros que ela sacrificara tanto quanto qualquer um deles para proteger Encantare. Contudo, Maya reconhecia que ser filha de Electra carregava um peso enorme, afinal, a bruxa nunca escondera que adoraria ter a filha lutando a seu lado. Ou melhor dizendo, ter sua ajuda para conquistar a magia e o poder sobre o reino.

— Eu duvido que você entregue Branca de Neve. Pedi para que me prometesse com a intenção de que isso tornasse mais tolerável o fato de que talvez você tenha que abrir mão do que temos de novo. Hoje, sei que na primeira vez você o fez para me salvar e dar mais tempo a ela. Agora é possível que tenha que me deixar partir para protegê-la. Eu não sobreviveria à morte de Branca de Neve, Maya. Não seria possível. Meu pai espera que eu viva e governe, mas você me conhece bem demais para saber que entre pai e rei, o pai em mim vence. — Maya terminou de colocar o vestido e aproximou-se dele para que a ajudasse com as amarrações. Ela mantinha o semblante sério. — É por isso que sei que você não entregará minha filha para me salvar e que ela estará segura quando eu me for, porque você estará com ela.

Adrian beijou os cabelos cinzentos de Maya e a abraçou por trás. Desde o momento em que soube de sua inocência na morte de Sarah, compreendeu que teria que resolver a situação entre os dois o mais rápido que pudesse. O tempo que tinham era limitado.

— A última vez que não confiei em você nos custou dezoito anos — ele continuou, pesaroso. — Então preciso que tenha certeza de que não importa o quanto a situação pareça comprometedora para você, seguirei acreditando que protegerá Branca de Neve. Espero que não tenhamos que passar por nenhum outro dilema, mas ainda que todos no reino a considerem culpada pelo que quer que seja, seguirei acreditando em você e a defenderei até o fim.

    O exílio fora um inferno. Maya passara parte do tempo longe de Encantare buscando um meio de quebrar a maldição, e durante a outra parte ficou escondida na companhia de Lince, preso entre reflexos, e de Solitude. Seu retorno ao castelo fora intenso, e a possibilidade de ver Adrian e Lince morrerem lhe causava uma ferida que não parava de sangrar, mas não desistiria. Com as emoções controladas, virou-se para ele:

— Agradeço que confie em mim e esteja disposto a ficar do meu lado, mesmo no pior cenário, porque preciso que faça algo por mim. — Ela ergueu o queixo, olhando para Adrian.

— Qualquer coisa.

— Eu sairei do castelo e ninguém, além de você, pode saber para onde irei. Voltarei à noite e vou direto para o seu quarto.

— Para onde vai? — Adrian perguntou, temendo a resposta, mas disposto a fazer o que quer que Maya pedisse.

— Visitar aquela bruxa que se diz minha mãe.

As sobrancelhas de Adrian subiram instantaneamente, em espanto.

— Não é perigoso?

— Não. Ela está me esperando.

CAPÍTULO 28

NÃO HAVIA TEMPO PARA PENSAR EM UM PLANO DETALHADO PARA manter a ausência de Maya em segredo. A forma mais fácil de encobrir aquilo seria contando parte da verdade. E foi assim que Adrian acabou cruzando a porta da sala de reuniões dos feiticeiros, decidido a proteger Maya.

— Preciso de uma garrafa do elixir de Orquídea da Lua Cheia.

Dandara, Kaelenar, Akemi e Nox, que esperavam por Maya para começar a reunião, encararam o príncipe.

— Há algo que queira nos dizer? — Dandara se manifestou, deixando de lado os mapas em que trabalhava.

Sem se alterar, o príncipe continuou:

— Maya ainda está fraca.

— É muita gentileza de sua parte vir nos avisar pessoalmente, Vossa Alteza Real — Dandara não escondeu o sarcasmo. Ela odiava quando escondiam informações. — Nós levaremos o elixir aos aposentos dela.

— Não será necessário. — O príncipe colocou as mãos para trás e bateu o pé no chão. Um comportamento que os feiticeiros cansaram de ver em Branca de Neve no início da adolescência, quando ela tentava esconder segredos. Kaelenar e Dandara se entreolharam em silêncio. — Eu faço questão de levar. Maya está descansando em meus aposentos e não deve ser incomodada. Depois do modo como a julguei, protegê-la é o mínimo que posso fazer.

Enquanto os três feiticeiros mais velhos continuavam calados, Nox soltou um longo assovio, antes de dizer:

— Ninguém pode dizer que eu não avisei.

Ignorando Nox, o príncipe continuou:

— Devo lembrá-los de que meu quarto é um lugar para onde o transporte mágico é permitido apenas se eu os chamar ou autorizar. Maya e eu somos adultos, e nossa relação pertence apenas a nós. Estamos entendidos?

— Sim — Dandara respondeu por todos. — Há mais alguma informação que deseja compartilhar?

— Na verdade, há. — Ele refletiu sobre o que diria a seguir. — Maya é leal ao reino. Quando eu a julguei de forma errada e injusta, você veio conversar comigo. Lembra-se disso, Dandara?

— Sim. — Como poderia esquecer o desespero de Adrian por precisar odiar a mulher que amava?

Akemi entregou a garrafa do elixir de Orquídea da Lua Cheia ao príncipe, que falava:

— Você me disse que Maya jamais faria nada para me ferir e que não era lógico ela ter assassinado Sarah sem motivo. Eu não a ouvi e carregarei esse arrependimento comigo. Não me perdoo por ter sido injusto, mesmo sabendo que jamais duvidaria de Maya se eu não estivesse enfeitiçado. E é de conhecimento geral que a única forma de uma bruxa enfeitiçar um feiticeiro é se ele permitir.

— Sim. Inclusive esse é um dos motivos que fez Electra querer tanto que Merlin compartilhasse seu poder vital com ela. Ela se tornaria uma de nós e seria mais fácil nos atingir. Então, não se preocupe, Adrian, não estamos enfeitiçados e não pensamos que Maya é nossa inimiga.

— É o que espero. — O príncipe ergueu a garrafa de elixir, agradeceu e deixou a torre.

Dandara apertou a testa, murmurando uma série de impropérios em linguagem antiga. Kaelenar e Akemi trocaram olhares preocupados, enquanto Nox estalou a junta dos dedos e ironizou, antes de puxar a cadeira para se sentar:

— Pensei que o pior dessa missão seria bancar a babá da princesa. Agora preciso ser seu guarda-costas oficial e cuidar para que a madrasta não a entregue à bruxa para salvar o papai.

— Maya não entregará Branca de Neve. — Akemi observou um falcão pousar na janela da torre. — Ela não está em uma posição fácil, mas não a entregará. A ambição de Electra e o egoísmo de Sarah causaram a maldição.

— Eu gostaria de ter a sua fé. — Dandara serviu-se uma taça do elixir. — Eu quero confiar em Maya, mas não tenho dúvida de que ela esconde algo.

— Ela já nos traiu antes. — Nox fez questão de lembrar.

— Ela era uma criança. — Akemi estava irredutível. — Maya é uma de nós.

— Ela voltou diferente do exílio — Kaelenar completou, sentindo-se mal por expor os pensamentos em voz alta. — Não deveríamos tê-la deixado sozinha.

— Foi a ordem real — a líder do grupo murmurou, apesar de concordar com o irmão.

— A aliança e a interferência do rei estão nos dividindo. — Akemi encarou os demais, com seriedade.

Os feiticeiros pareciam perdidos nos próprios pensamentos e, por alguns segundos, nada mais foi ouvido além do farfalhar das asas do falcão que partiu para o céu. Mas o silêncio não durou muito tempo porque, como sempre, Nox era agitado demais para suportar ficar quieto.

— O que está acontecendo aqui, hein? — Ele apontou o dedo para os amigos. — Quase consigo sentir o aroma de uma rebelião contra a aliança. Vocês sabem que não precisam me convidar duas vezes.

— Nox — Dandara avisou em tom brando.

— Certo, fui iludido. — Ele se rendeu. — Nada de rebelião. Vou procurar minha princesa e descobrir um jeito de espionar o pai dela.

— Não a use como espiã e não ouse incentivá-la a escalar o castelo para isso — Kaelenar avisou, sério.

— Eu devia ter guardado essa informação só para mim — Nox resmungou antes de se transportar.

Mal o feiticeiro desapareceu, e Dandara jogou a trança para trás com um movimento de cabeça, espalmou as mãos na mesa e falou:

— Akemi está certo. A aliança está nos dividindo. O que faremos?

CAPÍTULO 29

A QUEDA DE TEMPERATURA NA MADRUGADA NÃO ERA O ÚNICO EVENTO que mantinha Branca de Neve presa no castelo. O pai a proibira de sequer colocar os pés no pátio. Nem sempre aceitava proibições, mas a conversa que acabara de ter com ele fora como um balde de água congelante.

A verdade era que Branca de Neve vivia como se a maldição nunca fosse chegar. Cresceu ouvindo que havia uma maldição pendendo sobre sua cabeça, mas no início era muito nova para entender e, depois, ao compreender, passara a testar a vida, colocando-se em perigo a cada oportunidade que tivesse.

O pai e o avô se tranquilizavam com o fato de que havia sempre um feiticeiro com ela e, se não estivesse ocupada se fazendo de valente, Branca de Neve assumiria que corria os riscos que corria por saber que seria salva.

Foi por isso que respirou aliviada ao adentrar no jardim de inverno envolto por muros, com Solitude em seu encalço, e não ver ninguém além dos guardas na entrada. Não havia saída além daquela. O jardim de inverno tinha sido construído para ela: um presente para comemorar seu nascimento.

O jardim de inverno tinha uma estufa imensa, com paredes de vidro, altas e imponentes, que deixavam o sol banhar o ambiente, aquecendo-o de modo tênue e agradável. Lá, as plantas exibiam suas formas exóticas, folhagens viçosas e cores vibrantes, capturando a luz que se infiltrava pelo teto translúcido.

O lugar era público, mas era raro ver visitantes ali. Mais uma consequência de ser amaldiçoada: as pessoas tinham medo de ter qualquer relação com ela e, de alguma forma, acabarem pegando parte da maldição para si. Esse era mais um dos motivos que fizeram a princesa não ter amigos além dos feiticeiros.

O perfume doce das flores pairava no ar, misturando-se harmoniosamente com o aroma terroso do musgo e da terra úmida, distraindo Branca de Neve dos pensamentos melancólicos que a dominavam. Uma trilha serpenteava o jardim, ladeada por arbustos podados com capricho e canteiros repletos de matizes que ofereciam um espetáculo visual encantador e despertavam os sentidos em uma sinfonia de cores e formas.

As fontes ornamentais jorravam água cristalina como um sussurro suave e relaxante que se fundia ao melodioso canto dos pássaros, habitantes bem-vindos daquele santuário natural. Quando a noite caía, o luar transformava o jardim em um espetáculo de beleza quase mágica, conferindo às plantas um brilho etéreo, como se o próprio encanto da noite desse vida à vegetação.

Um sorriso escapou de seus lábios ao se lembrar dos dias e noites que passara brincando, fazendo piqueniques e até acampando na companhia dos feiticeiros. Solitude se deitou sobre a grama e Branca de Neve o acompanhou, apoiando a cabeça em sua barriga e abrindo o livro que trouxera para se distrair.

Dois coelhos se aproximaram, um pouco receosos com Solitude, que mal os olhava enquanto bocejava.

— A princesa já se apaixonou pelo príncipe? — Nox perguntou apontando para o livro, que Branca de Neve jogou para o alto com o susto e atingiu seu rosto na queda.

— Precisava aparecer assim?

— Assim como? Mulher? — Nox colocou as mãos na cintura.

— Não. — Ela revirou os olhos. — Assim, do nada.

— Esperava o quê? Um coro de anjos? — Nox rebateu. — Isso é em outro mundo. Você não gostaria de lá. Desde o início, eles culpam as mulheres por qualquer coisinha. Os homens não assumem a responsabilidade por nada. Enfim, um lugar horrível.

Ignorando-a, Branca de Neve pegou o livro e o acariciou, como um pedido de desculpa.

Nox se sentou em frente a ela. O movimento fez seus cabelos se balançarem e seu perfume se sobressair ao das flores. Não de uma forma enjoativa, pelo contrário. Tinha um fundo floral e amadeirado muito atrativo que fez a princesa inspirar profundamente e sentir um incômodo formigar no peito.

— Soube dos boatos sobre seu pai e certa pessoa? — Nox perguntou, passando o dedo na grama.

— Os boatos sobre Maya estar dormindo nos aposentos do meu pai? — Branca de Neve perguntou o mais rápido que conseguiu para evitar que a feiticeira dissesse qualquer coisa que deixasse o momento mais constrangedor.

— Ouvi a informação do príncipe em pessoa e comecei o falatório quando passei pela cozinha mais cedo. Depois de procurar por você e vê-la conversando com seu pai na biblioteca. E aí, o que ele disse? — A feiticeira piscou e esfregou uma mão na outra, como se esperasse por uma informação muito importante.

— A conversa foi mais sobre mim e a maldição. Ele falou pouco sobre a Maya, apenas que estava cuidando dela e que era o certo a se fazer depois de julgá-la mal e causar seu exílio.

— Só isso?

— Só, mas... — Ela alongou o "mas" o máximo possível. — Ouvi o cavalariço contando ao jardineiro que meu pai e Maya estavam conversando no jardim ontem à noite e que pareciam tão unidos quanto nos velhos tempos. Eu sei que eles eram próximos, porque Kaelenar me contou e achei que o cavalariço estivesse se referindo à amizade, mas eles estavam rindo de um jeito malicioso, como já vi algumas pessoas da corte fazerem quando contam segredos íntimos. Não pude perguntar, porque ouvi escondida, claro.

— O que você sabe sobre segredos íntimos, princesa?

— Não muito. Dandara conversou comigo sobre o que pessoas apaixonadas fazem em sua intimidade, mas foi de uma forma bem didática. Ela disse que falaria mais sobre o assunto quando acabássemos com a maldição. Tentei falar com Kaelenar, mas ele empalideceu. Foi a única vez que o vi passar mal. Achei que fosse desmaiar. Por fim, tentei com Akemi. Ele apenas franziu a testa e desapareceu no ar.

A compreensão da ingenuidade da princesa fez Nox quase se arrepender de ter espalhado a história antes de o príncipe contar à filha sobre o velho relacionamento com Maya.

— Houve um pequeno erro de cálculo no meu plano. — Nox admitiu e empurrou uma pedrinha na grama com a ponta da bota, demonstrando chateação.

Na ânsia de descobrir o que estava acontecendo entre Maya e Adrian, esquecera-se de que Branca de Neve poderia não ter conhecimento sobre a história de amor dos dois.

— Do que você está falando? — Branca de Neve mantinha a atenção fixa nela.

— Essa é uma conversa que você deveria ter com o seu pai.

— O que está me escondendo? — Ela estreitou os olhos, cruzando os braços. Não cederia. — Estou tendo essa conversa com você e quero que me explique. O que há entre Maya e meu pai?

— Princesa, não me obrigue. — Nox apertou os lábios, arrependida ao máximo de sua tentativa de arrumar problemas para a prima.

Incomodada, Branca de Neve se levantou e começou a se afastar da feiticeira, que se apressou para acompanhar seus passos, assim como Solitude.

— Quero ficar sozinha. — A princesa agitou a mão.

— Esqueça. Não vou deixar você sozinha com esse lobo. Por que ele a segue por toda parte?

— Não pode me obrigar a ficar com você. Meu pai disse que Maya pediu a Solitude para me fazer companhia. Foi muito gentil da parte dela.

— Ah, sim, Maya é um poço de gentileza. — Nox zombou e Solitude bufou, empurrando a feiticeira com a cabeça. — Não me faça mostrar como posso obrigá-la a ficar comigo.

— Por que quer a minha presença? Você me considera uma criança.

— O que é isso? Uma crise de adolescente? Não acredito que estou passando por isso.

— Eu não sou criança. Sei muito bem que há algo entre Maya e meu pai.

— Sabe?

— Qual parte de "eu não sou criança" você não entendeu?

Nox abriu a boca para responder, mas a fúria que surgiu no olhar da princesa a fez repensar em como responder.

— Não cabia a mim lhe dizer.

— Por achar que sou uma criança.

— Não.

— Não?

— É claro que não. Há dois dias deixei de considerá-la criança. Você é uma adolescente, oras.

— Idiota — a princesa disse, mas sorriu, entendendo que Nox a estava provocando.

— Venha cá. — Nox estendeu a mão na direção dela e aguardou até Branca de Neve pousar os dedos em sua palma.

As duas desapareceram no ar e reapareceram no quarto da princesa. Não demorou muito para que Solitude arranhasse a porta, pedindo para entrar, e logo bufou para Nox.

— Eu não quero falar do assunto porque essa é uma conversa que seu pai precisa ter com você, certo? Não a considero criança. — Nox disse, sem entender por que a mudança na expressão de Branca de Neve, indo da tristeza ao contentamento, a deixava feliz. Com certeza tinha a ver com o juramento de proteção. A sensação era estranha. Não era ruim, mas era inevitável, e lhe dava prazer. Com certeza era culpa do juramento. — Você se preocupa demais com o que pensam de você, princesa.

— Eu fui criada entre humanos adultos e feiticeiros com centenas de anos. É difícil precisar me impor o tempo todo para não ser tratada como uma menininha indefesa que não pode fazer nem saber de nada.

— Eu acho que você faz e sabe demais para quem é tão proibida de fazer tudo.

— Aprendi a ser teimosa.

— Duvido que aprendeu. Nasceu assim.

— Engraçadinha. — A princesa riu, jogando-se de costas na cama. — Talvez não tivesse sido tão ruim se você estivesse por aqui enquanto eu crescia.

— Não se iluda. Essa linda carinha parece jovem, mas tem quatrocentos e trinta anos.

— Não, não. — Branca de Neve riu. — Estou falando de idade mental. Certeza de que sou mais velha do que você.

— É muita ousadia da sua parte me dizer isso, garota!

— Você acha que eles estão apaixonados? — Branca de Neve não precisou dizer os nomes para que Nox entendesse que ela se referia a Adrian e Maya.

— Eu acho que sempre foram.

— Isso é um pouco difícil de entender, já que meu pai se casou com a minha mãe. Onde Maya se encaixa? É mais uma parte da história que esconderam de mim — ela concluiu, chateada.

— Longe de mim defender os dois, mas não é o tipo de história que se conta para os filhos.

— É... Eu imagino.

Não, ela não imaginava, mas não seria Nox a contar a Branca de Neve que a própria mãe tentou entregá-la para uma bruxa em troca de um feitiço que fizesse o pai se apaixonar por ela.

— Promete não esconder segredos de mim, Nox?

— Se eu fizer essa promessa, terei problema com os outros guardiões, e é possível que eles estejam bem no limite comigo.

— Eu sei, mas...

Havia desolação no olhar de Branca de Neve, e Nox se sentiu diferente, como se fosse capaz de qualquer coisa para colocar um novo sorriso naquele rosto.

— Eu prometo, princesa. E se vamos ser sinceras uma com a outra, você também não pode esconder nada de mim.

— Eu prometo.

O sorriso de cumplicidade de Branca de Neve atingiu um ponto desconhecido no peito de Nox. Era difícil não baixar a guarda para alguém tão encantadora. Infelizmente, estava começando a entender por que os outros feiticeiros dariam a vida por ela.

CAPÍTULO 30

O frio estava congelante quando Maya saiu da Floresta dos Sussurros Esquecidos. Apertou o casaco grosso junto ao corpo e expirou, reunindo força. Então parou em frente aos muros que protegiam as terras de Electra.

Tivera que atravessar a floresta como qualquer humano faria. Não era possível se transportar com magia por aquelas terras. Ninguém lhe fizera mal nem a impedira, e ela entendia muito bem por quê. Naquele lugar, o sangue de Electra era mais importante que a água que nutria a terra, e Maya era sua herdeira, gostasse disso ou não. Ninguém a feriria ou a impediria a menos que fosse sob ordem de sua líder.

À frente do grande portão de ferro, a feiticeira baixou o capuz que cobria seu rosto e aguardou. Os bruxos que mantinham guarda se entreolharam, desconfiados, antes de abri-lo, observando-a com atenção. Ela não olhou duas vezes para eles e caminhou por uma sinuosa passarela de tijolos brancos.

Outros bruxos cruzaram seu caminho, examinando-a com curiosidade e desprezo enquanto Maya subia os degraus da mansão e se dirigia ao salão principal, sentindo um maravilhoso aroma de assado no ar. A boca da feiticeira salivou ao reconhecer sua comida preferida de infância.

— Chegou na hora, filha. — Electra sorriu, amigável, não enganando a feiticeira nem por um segundo.

Sua aparência estava jovem outra vez, e Maya se perguntou que atitudes sombrias ela tomava para se manter assim.

— Você estava me esperando.

— Adoro o jeitinho que você tem de afirmar o óbvio. — A bruxa se sentou à mesa e apontou para a cadeira a seu lado. Maya aceitou o convite, decidida a não comer. — É claro que eu a estava esperando. É o que toda mãe faz quando um filho ingrato vai embora: esperar pelo dia em que ele terá consciência do quanto foi injusto e voltará como um cachorrinho pedindo perdão.

— É isso que pensa que vim fazer? — Maya rebateu, mantendo as costas eretas.

— Por que mais estaria aqui? Sejamos sinceras, apenas um tolo pensaria que você seria capaz de entregar a menina. Você também não quer que Adrian e seu primo morram, mas não vai conseguir viver em paz se a entregar para mim. Estou errada?

— Não — Maya murmurou a contragosto.

— Mães sempre sabem. — Ela observou o criado servir seu prato e revirou os olhos quando Maya colocou a mão sobre o dela. — Vai rejeitar a minha comida?

— Não vim aqui para comer.

— Ah, é mesmo. — Seus olhos se estreitaram. — Veio para barganhar. Sabe, fiquei pensando: como pode o príncipe levar para o castelo a única feiticeira capaz de trazer Branca de Neve para mim? Inocente ou simplesmente burro? Ainda estou em dúvida.

— Ele não me daria chance de entregá-la. Ele pretendia me matar.

— E você o perdoou? — Electra sentiu-se enojada. — Não recebi a mesma benevolência da sua parte.

— Sim, eu a perdoei na primeira tentativa. Depois da segunda, entendi que tentar me matar se tornaria um hábito para você. E não se faça de sonsa. Sabe muito bem que Adrian estava sob o feitiço que você lançou. Você manteve a mania de criar sua própria versão da realidade.

— Eu chamaria isso de ponto de vista, mas é verdade, eu tentei matar você algumas vezes, mas enfeitiçar Adrian foi um bônus. Foi lindo te ver murchar ao ser rejeitada por um homem que abriria mão de tudo por você. Menos da filha, claro. Filhos são sagrados. — Ela não disfarçou a ironia ao pegar a taça de vinho e a levar aos lábios.

— O que você quer com os Pendragon? — Maya afastou o prato quando o criado da mãe tentou servi-la outra vez e se levantou, irritada. — Sua guerra nunca foi com eles. Você queria tomar a Cidade de Avalon e não hesitou em me usar para isso. Houve mortes porque você me convenceu de que era justo que feiticeiros híbridos e feiticeiros originais convivessem pacificamente. E o pior é que é justo mesmo, mas o seu plano criou ainda mais desconfiança entre as partes. A relação entre nós e eles segue estremecida pelo que você fez.

— Dói, não é? Ser rejeitada por eles, ser vista como uma ameaça por ter sangue de bruxa correndo nas veias.

— Era isso que você queria? Que eles desconfiassem de mim outra vez? Se for, parabéns. Você conseguiu. — Maya levantou a voz. Esperara essa conversa por tempo demais. — Mas você está errada. O problema nunca foi o sangue de bruxa, o problema foi você ser a bruxa. Era de você que eles tinham medo, não de mim.

— Nosso sangue é o mesmo, e se me entregar Branca de Neve, farei com que eles se arrependam de terem nos menosprezado um dia.

— Eles não a menosprezavam. Meu pai amou você, e ele era o líder da Ordem. Ele acreditou em você e a protegeu. Você o enganou e o usou para um fim.

— Para ter você. Que terrível eu fui, usar um feiticeiro para me dar uma filha. — Electra não confessaria que havia amado Merlin.

— Pare de tentar me manipular. Não sou mais criança. Você não queria uma filha, queria uma feiticeira híbrida, queria uma arma para usar contra Merlin para que ele compartilhasse a imortalidade com você. Chega dessa conversa, Electra. Eu sei que você quer o poder dos merlinianos, mas por que envolveu Branca de Neve nisso?

Apoiando as mãos na mesa, Electra se levantou e se aproximou de Maya o suficiente para segurar seu queixo ao dizer:

— Pelo mesmo motivo que faço todas as coisas: porque eu quis. — Maya puxou o rosto, e a bruxa riu antes de continuar: — Será que você ainda tem esperança de que haja algo em mim além de motivação para fazer o que quero? Eu não me importo com os híbridos e muito menos com os outros. Eu quero poder, quero ser jovem para sempre, quero ser livre para deixar essa floresta sem um de vocês me caçar. Quero tudo o que eu conseguir tomar.

— Você é mesmo um monstro.

— Não sou um monstro. Sou alguém com um objetivo. Não tenho culpa se você está bem no caminho do que eu quero.

A feiticeira lançou um olhar para os dois bruxos que surgiram à porta. Seus dedos faiscaram, pressentindo uma luta.

— Calma, menina. Se eu a quisesse morta de fato, não teria falhado em todas as vezes que tentei. Você ainda pode resolver essa situação e salvar algumas pessoas que ama. Precisará escolher, mas verá que minha proposta é muito boa.

O rosto impassível da bruxa aguardava. Belíssima, mas a que custo? Quantas pessoas ela destruiria para encontrar um meio de se manter jovem e bela para sempre?

Maya travou uma luta dentro de si, forçando-se a se manter alerta. Luz e sombras se conectavam, uma resvalando na outra com a delicadeza de uma pluma. *Luminus* e *tenebris*, uma arranhando a barreira da outra. Sabia que não havia como salvar todos e, se continuasse na luz, seria impossível escolher. Ela não tinha esse direito. Ergueu a cabeça e encarou Electra com raiva. Maya entendeu que o único modo de poupar quem amava seria caminhar pelas sombras.

— O que quer que eu faça?

CAPÍTULO 31

Era noite quando Kaelenar retornou ao castelo e encontrou a princesa esperando, apoiada na muralha, ansiosa. Nox estava sentada no último degrau da escadaria, batendo a ponta dos dedos no joelho, sem esconder o tédio. Esperar que outros fizessem o trabalho de campo nunca fora uma opção para a feiticeira. Ela tentou disfarçar o interesse, mas seguiu Branca de Neve.

— O que descobriu, Kae? — Os olhos da princesa brilhavam de curiosidade. O feiticeiro procurou por medo, mas encontrou obstinação.

— Nada. — Ele não escondeu a frustração. — Gorgomores não apareciam nessa região há séculos. Seja lá de onde vieram, foram discretos o suficiente para não serem vistos por ninguém.

— Não é óbvio que eles vieram da Floresta dos Sussurros Esquecidos? — Nox bocejou e encarou o olhar torto do feiticeiro, sem entender até ouvir Branca de Neve dizer:

— Que lugar é esse? — Ela observava os dois com atenção, como se a qualquer momento pudesse ter uma nova informação.

— Um lugar que você não deveria saber que existe. — Kae apertou a ponta de um de seus dreads. — E sobre o qual Nox não deveria falar.

— Por que eu não deveria falar? Vocês usaram um mapa especial para ela na escola?

— Eu não fui à escola. Meus tutores foram os feiticeiros. Mas isso não vem ao caso, que floresta é essa?

— Não é à toa que a garota escala paredes para descobrir os segredos do reino. — Nox estava descrente. — Não aprenderam nada depois do que aconteceu com Aurora e Malévola? Contem às princesas o que elas devem evitar, não escondam. Elas são curiosas e, às vezes, tolas o suficiente para irem em direção ao perigo quando não sabem a história toda. Lince não teria concordado com isso.

— Como eu lhe disse mais de uma vez, Lince não estava aqui. — A voz de Dandara soou firme, buscando ocultar a tristeza que os tomava quando o assunto era o feiticeiro perdido. — Não estamos questionando o conhecimento ou a estratégia do seu irmão. Estávamos em um período caótico quando ele se foi. Fizemos o que tivemos de fazer. Adrian passou anos doente por causa de um feitiço que, por mais que o tenhamos enfraquecido, só desapareceu completamente quando o príncipe viu a verdade pelo *mentallus*.

— Eu entendo e não me desculparei por não ter estado aqui para cumprir com um juramento que não escolhi fazer. Branca de Neve não é mais criança, e a melhor forma de protegê-la é lhe dizendo toda a verdade. Faltam dias para o fim do prazo. O tempo de tratá-la como se fosse de açúcar passou.

Os olhos de Branca de Neve brilhavam enquanto ela olhava para Nox. A feiticeira era arrogante, muitas vezes inconveniente e péssima na escolha de palavras, mas a estava tratando como adulta. Mesmo que a princesa soubesse que quase dezoito anos não era necessariamente adulta, o respeito estava evidente na voz de Nox, e ela não conseguiu disfarçar a surpresa.

— Fecha a boca, princesa — a feiticeira provocou. — Seu queixo vai cair.

— Idiota. — A princesa fez careta. Pronto, o encanto passara.

— Você está certa — Dandara acrescentou, passando o braço em volta do ombro de Branca de Neve. — Precisamos ser transparentes com você, princesa, e seremos a partir de agora. Está na hora.

Nox estava prestes a dar mais um palpite quando o ar se tornou gélido e um arrepio tomou sua nuca. Instintivamente, usou o braço para colocar Branca de Neve atrás de si.

— Algo muito ruim acabou de chegar — avisou, um segundo antes de o sino da cidade começar a tocar.

Sem saber o que se passava no pátio do castelo, Maya se transportou para o quarto de Adrian a tempo de ouvir os sinos da cidade tocando. Ela caiu de joelhos, enfraquecida. Quanto mais perto do aniversário de Branca de Neve, mais ela precisava compartilhar sua energia vital para protegê-la.

Ter ido visitar Electra não tornava a situação mais fácil, pelo contrário, por isso sentiu-se grata ao avistar a garrafa de elixir de Orquídea da Lua Cheia sobre a mesa. Bebeu direto do gargalo, quase sem nem parar para respirar, e sentou-se na poltrona, exausta.

Levantando-se devagar, tentou ir à janela para ver se conseguia descobrir o que estava acontecendo, mas tornou a se sentar, sem forças.

— Não que você tenha pedido minha opinião, mas acho que você não deveria ter ido visitar aquela bruxa. — A voz de Lince fez Maya abrir os olhos. — Você tem sorte por todos estarem com a atenção voltada para o ataque à cidade. Estava faltando pouco para Nox convencer Branca de Neve a escalar a parede para vir espiar.

Nada se devia à sorte, Maya pensou ao apertar o rosto entre as mãos. Electra coordenara um ataque como uma cortina de fumaça para o retorno da filha ao castelo. Não havia como voltar das terras da bruxa sem que sua energia estivesse desbalanceada. Um feiticeiro não demoraria para captar a energia de *tenebris* se ela não tivesse tempo de se limpar. Quantas pessoas se feririam para proteger seu segredo?

— Você precisa se recuperar o quanto antes e me dizer qual é o seu plano — Lince advertiu, irritado por estar preso ao espelho e por saber que as decisões de Maya eram influenciadas por isso. — Adrian passou o dia protegendo seus passos. O que a culpa não faz, não é mesmo? — A ironia não passou despercebida à feiticeira.

— Onde está Branca de Neve? — Maya se levantou, cambaleante.

— Em seus aposentos.

— Sozinha?

Lince não estava gostando do rumo da conversa.

— Solitude está com ela, como você pediu. Nox enfeitiçou a torre.

— Eu dou conta.

— Não duvido que dê, mas você sabe que cada magia tem sua própria assinatura. Mesmo que levasse um tempo, Nox descobriria que foi você. Eu a vi mais cedo. Minha irmã desconfia até da própria sombra.

— Tem um meio impossível de rastrear. Quando ela descobrir, o plano estará em curso e será impossível detê-lo.
— Qual é o plano, Maya?
— Você não vai gostar.

CAPÍTULO 32

BRANCA DE NEVE ESTAVA PRESA EM SEU QUARTO E COM SENTIMENtos conflitantes em relação a Nox. Ela mal acabara de dizer que a princesa não era mais uma criança e já a trancara na torre, sob a justificativa de que era para a sua própria proteção.

Pela janela, ainda podia ver as chamas que consumiam parte das casas da cidade. No pátio e nas muralhas, os guardas estavam em posição ao comando de Kaelenar, o único feiticeiro que ficara no castelo. Para Nox, não era fácil deixar a princesa, e ela estava começando a se perguntar se isso era apenas efeito da aliança entre as duas.

— Você sabe o que fazer — ela dissera antes de encantar a torre. — Estará segura aqui, mas não hesite em me chamar se estiver em perigo. Eu vou sentir, mas me chame mesmo assim.

— Eu posso ajudar se for com vocês.

— Não tenho dúvida de que poderia, mas senti algo muito ruim chegando. Você sabe que não sou a pessoa mais feliz do mundo com o juramento de proteção, mas Merlin o criou por um motivo. Eu sei quando você corre perigo. — Seu rosto estava pálido.

— Você está mesmo preocupada comigo. — O que foi uma surpresa para Branca de Neve, e ela não sabia explicar por que se sentira bem com aquela constatação.

— Não se iluda. — Nox havia revirado os olhos. — É o juramento. — Branca de Neve semicerrara os dela, e a feiticeira confessou: — Talvez eu me preocupe apenas um pouquinho de nada. Uma cosquinha de preocupação, sabe?

— Sei. — A princesa sorrira.

— Pare com esses sorrisos — Nox desdenhara. Ela não revelaria que estava começando a se sentir afetada toda vez que Branca de Neve sorria. Por Eris, ela convivia com a princesa havia poucos dias! Que coisa mais irritante. — Olha — ela havia retomado, com seriedade —, eu não queria te deixar sozinha, mas você ouviu os gritos. Há inocentes em perigo. Não é justo que os feiticeiros tenham tanto poder e os usem para proteger apenas os Pendragon. Eu gosto dos humanos. Só não gosto quando me forçam a ajudar — fez uma careta —, mas não quero que pessoas boas morram enquanto fico aqui.

— Você quer salvá-los. — Ela sentiu-se mal porque queria ajudar, mas se não era permitido, que pelo menos Nox fosse logo. — Você está certa.

— É a segunda vez que ouço isso nos últimos minutos, mas algo que você ainda vai aprender sobre mim é que estou sempre certa. — Ela acariciara o braço de Branca de Neve antes de encantar a torre e sair, com o olhar confuso.

Horas depois, Branca de Neve acordava de um sono tranquilo. Estranhou, porque não se lembrava de ter dormido. Pelo contrário, podia jurar que vira Maya sentada em sua cama, segurando sua mão e sussurrando palavras que ela não conhecia. A princesa investigou os aposentos e se encontrou totalmente sozinha.

— Parecia tão real. Devo estar enlouquecendo.

Ela se sentou diante do espelho, cujo contorno era adornado por entalhes delicados de flores e folhagens entrelaçadas. Os olhos azuis, normalmente corajosos e destemidos, refletiam uma sombra de inquietação e angústia. Os dedos pousaram suavemente sobre a superfície polida, sentindo o frio da prata que o revestia.

Sua imagem no espelho carregava um peso invisível, como se fosse um retrato de seus pensamentos e de suas emoções mais profundos. O olhar encontrou o próprio, buscando respostas que não pareciam querer se revelar.

— E se o perigo estiver perto, como Nox disse? — ela se questionou, e a voz ecoou baixinho na intimidade do aposento. — Será que o sonho com Maya queria dizer alguma coisa?

— Proteja seu coração — disse uma voz desconhecida, que não passava de um sussurro, fazendo a princesa se sobressaltar. — Muito sacrifício foi feito para que ele continue batendo em seu peito.

— Quem é você? Saia de onde estiver escondido! — Não deixou que o medo a paralisasse e examinou o quarto com atenção, com a escova de cabelo em riste. Não havia ninguém.

Girou o corpo e parou outra vez diante do espelho. Seu reflexo estava estranho, um pouco arroxeado. Prendendo o ar depois de uma longa inspiração, estendeu a mão, quase tocando o vidro. A apenas um centímetro de distância, a ponta dos dedos começou a formigar. O objeto a atraía como um ímã.

Um arrepio a percorreu quando o reflexo tremeluziu assumindo um tom de verde e roxo, mas ela não teve medo. Uma sensação suave e vibrante a percorreu. Sentiu-se envolvida por uma estranha euforia. Sua imagem começou a distorcer-se mais e mais, e percebeu que estava atravessando o espelho.

A sensação de ser sugada para outro mundo foi ao mesmo tempo aterrorizante e emocionante. Cores e formas dançavam ao seu redor, como se a realidade estivesse se moldando para recebê-la. E então, diante de seus olhos, um cenário completamente diferente surgiu: o interior de uma cabana que nunca vira antes e ainda assim lhe parecia familiar.

O ar tinha um aroma adocicado misturado com o frescor da natureza, e o chão era firme sob seus pés. Um poder que parecia ancestral percorria suas veias, despertando dentro dela algo que ainda não compreendia totalmente. Encarou as próprias mãos, cujo brilho mágico desaparecia aos poucos.

No centro da sala, um imponente pedestal sustentava uma redoma de cristal translúcido, como uma cápsula protetora que envolvia o corpo de um jovem de cabelos azuis e curtos. A redoma emitia um brilho suave e etéreo, refletindo as cores do arco-íris em um espetáculo de luz e sombras dançantes. Era como se o próprio cristal fosse uma fonte de magia capaz de aprisionar e proteger o jovem em seu sono eterno.

Aproximando as mãos do cristal, sentiu uma corrente de energia vibrando em suas palmas. Parecia haver uma conexão mágica entre ela e o belo adormecido. Os traços dele eram nobres e suaves, como se esculpidos em mármore. Seu semblante transmitia serenidade, como se estivesse imerso em sonhos profundos e pacíficos. Os cabelos azuis, que fizeram com que se lembrasse imediatamente de Nox, repousavam sobre o travesseiro e seus lábios pareciam esconder segredos adormecidos.

— Não era para ser assim. — Branca de Neve ouviu a mesma voz que falara com ela através do espelho, só que, agora, estava muito mais perto.

CAPÍTULO 33

O NORTE DA CIDADE, ONDE O FOGO COMEÇARA, AINDA NÃO HAVIA SE recuperado do caos. Boa parte do incêndio tinha sido apagada pelos feiticeiros, mas alguns pontos ainda queimavam. Uma pequena parte dos moradores tentava manter a esperança e acreditava que o fogo que consumiu as sete casas tinha sido fruto de um acidente. No entanto, outra parcela se questionava se o incêndio era obra dos inimigos do reino.

A Ordem de Electra se mantivera fora do radar desde a morte da princesa Sarah. O boato sobre os gorgomores ganhava força após o ataque à cidade. Casas que outrora tinham belos tons pastel foram manchadas de cinzas. Encantare não sofria ataques havia muitos séculos, e a estranheza pairava no ar.

Felizmente, não houve baixas, apesar dos muitos feridos sendo atendidos pelos curandeiros reais, os casos mais graves seriam levados para a ala médica.

— Conviver com os Pendragon me faz entender por que Merlin chegou à conclusão de que eles precisavam de uma aliança conosco. — Nox ponderou ao ver Adrian entrar numa casa prestes a desabar, com Akemi a tiracolo. — Quanto tempo permaneceriam vivos se não estivéssemos amarrados a eles?

— Não posso negar que os Pendragon são teimosos e tendem a se colocar em situações de perigo, mas Adrian está agindo exatamente como você gosta que a realeza haja: olhando para o povo, não para si mesmo.

— Dandy — Nox a fitou, chamando-a pelo apelido carinhoso, que raramente usava, e franziu o cenho —, não é porque o príncipe age com o mínimo de decência que evitarei reclamar do trabalho que isso me dá.

— Se você se permitisse conhecê-los, veria que são boas pessoas. Adrian nunca teve interesse em governar, mas ele ama e é leal ao povo. O príncipe não deixa ninguém para trás.

Nox absorveu as palavras, em silêncio. Compreendia o que Dandara havia dito. Quanto mais conhecia Branca de Neve, mais gostava da princesa. Contudo, não era um sentimento que compartilharia. Em vez disso, manteve o foco no príncipe.

— Ele deixou Maya no exílio por quase dezoito anos.

— É impressão minha ou você está tomando as dores da sua prima? Vive como gato e rato com ela, ameaça matá-la, mas no fundo não gosta que a machuquem.

— A resposta está na sua própria frase. Ela é minha prima, e minha mágoa com ela tem motivo. Ela deixou meu irmão morrer. Mas isso não tem nada a ver com a forma como esses humanos a trataram enquanto ela se manteve leal. Eu a culpo pela morte do meu irmão, mas isso não teria acontecido se não fosse a aliança. Continuo querendo arrancar sua cabeça, mas ainda não perdi a sensatez. Eu a matarei se perceber que ela oferece perigo à Branca de Neve, mas, que ela nunca saiba disso, não ficarei feliz. Sem contar que Lince jamais me perdoaria, se estivesse vivo.

— Você ainda acredita que ela seria capaz de entregar Branca de Neve?

— Ela deixou Lince morrer por Adrian e Branca de Neve, então racionalmente penso que ela não a entregaria, mas...

— Ser racional não é o seu forte. — Dandara não conteve a provocação e ouviu a risada de Nox antes que ela se transportasse para o castelo.

Quando os feiticeiros se transportaram para a torre, encontraram Maya na sala de reuniões, sentada à mesa, com vários livros abertos, enquanto fazia anotações. Merlina, recém-chegada de Avalon, estava sentada na cadeira à frente da sobrinha e estalava os dedos como fazia quando um dos filhos estava em perigo.

— Olha quem ainda está viva. — Nox pareceu desdenhar, mas chegou bem perto da prima e a observou com atenção. — Você está com uma aparência péssima e me fazendo sentir pena. Não gosto da sensação, então dê um jeito nisso. Não dá para odiar uma moribunda sem ficar com peso na consciência. — Sua expressão era indecifrável quando examinou a da mãe.

Maya preferiu não dizer nada. Em vez disso, procurando ocultar o tremor das mãos, remexeu entre as folhas e perguntou para Akemi, ao lhe entregar o pedaço de papel:

— Um feiticeiro da Ordem de Polaris — mencionou o grupo que vivia em Malenda, um reino místico na fronteira sul do continente — conseguiu fazer uma contramaldição em cima de outra contramaldição. Você ouviu falar?

Akemi afirmou com a cabeça:

— O príncipe conseguiu mais tempo e foi salvo. O feiticeiro morreu.

— Mas deu certo. A missão foi cumprida.

— Ninguém espera que você se sacrifique por Branca de Neve. — Merlina se levantou de forma brusca e deu a volta à mesa, tocando o rosto da sobrinha. — Você está ardendo em febre. Seja lá o que estiver fazendo, pare imediatamente. Aprender a dosar a magia para não causar sobrecarga ao corpo é a primeira lição dos feiticeiros. Eu mesma ensinei a você antes que Dandara se tornasse sua treinadora.

— Eu estou bem — Maya mentiu. — Sei dosar a magia.

O que era verdade. Ela era exemplar em controlar o próprio poder. Caso não fosse, teria sucumbido havia muito tempo à magia das trevas ou à morte, afinal, ela mantinha duas contramaldições ativas.

Outro motivo que a fez manter segredo sobre Lince. Nenhum outro feiticeiro mantivera duas contramaldições ativas por tanto tempo, mas, se ela conseguira, talvez pudesse tentar outra e ganhar mais tempo.

— Maldições têm como base a magia das trevas. — Akemi folheou as páginas de um livro e o posicionou em frente à Maya. — Já a base das contramaldições é a magia do feiticeiro que a invoca. É por isso que você não consegue se curar e enfraquece rápido.

A informação não era novidade para ela. Akemi havia lhe dito isso assim que retornara ao castelo.

— Não estou dizendo que farei, mas se não conseguirmos deter Electra a tempo, a única alternativa viável seria essa, não acham?

O pesado silêncio foi quebrado por Merlina.

— Não salvaremos Branca de Neve às suas custas, Maya. — Ela andava pela sala com as mãos na cintura. — Meu irmão está no mundo sem magia se sobrecarregando mais e mais para manter Arthur Pendragon vivo e reinando. Não deixarei que sua filha se sacrifique. Eu prometi que cuidaria de você. — Ela ergueu o dedo para a sobrinha. — Você está proibida de tentar uma nova contramaldição, ouviu? Sabe que esse tipo de feitiço precisa de uma grande quantia de energia, então, se tentar, qualquer um de nós poderá senti-la a quilômetros e a impediremos. Até mesmo Nox.

— Quê? — Nox perguntou, com a mão no peito. — Se ela quer salvar o mundo, por que vamos impedir? — Foi fuzilada pelo olhar da mãe e abriu um sorriso travesso — Ok, ok, eu impeço. E se colocássemos Maya sob um feitiço do sono e escondêssemos seu corpo para que Adrian não a acordasse com um beijo de amor verdadeiro? Aí era só esperar o tempo da maldição da Branca de Neve passar, o pai dela se sacrificar e pronto. Problema resolvido.

Nenhum dos feiticeiros teve coragem de falar enquanto refletiam se Nox estava ou não falando sério. O silêncio durou até que ela mesma o quebrou:

— Certo. Vamos fazer do jeito de vocês: deixar o prazo acabar e começar uma guerra.

CAPÍTULO 34

— É UMA PENA QUE TENHA QUE SER ASSIM. — A VOZ SUAVE E PROfunda ecoou atrás de Branca de Neve, fazendo-a se sobressaltar e girar rapidamente, seu coração batia acelerado.

Havia um rapaz parado na entrada da cabana. Uma sombra dificultava que visse o seu rosto, mas ela podia ver parte dos cabelos azuis. Eram curtos, mas no mesmo tom dos cabelos do jovem adormecido e dos cabelos de Nox. Não era uma cor incomum entre feiticeiros, mas ela sentiu um arrepio no peito, como se eles estivessem conectados.

O estranho estava encostado à porta de madeira, na parte menos iluminada, e ela se perguntou se ele estava ali desde que chegara. Ele a observava, intrigado, e com uma dose de tristeza. Quando ele se moveu e a luz iluminou seu rosto, a princesa percebeu que o jovem que a encarava e o que estava na redoma de vidro eram idênticos.

Com o olhar se movendo entre um e outro, e notando a surpreendente semelhança com Nox, Branca de Neve sentiu curiosidade e uma leve apreensão. Onde quer que estivesse, era longe de casa. Manteve a calma, apesar da situação desconcertante.

— Desculpe. — Ela hesitou, com os olhos fixos nos do estranho. — Estou sonhando?

— Não, princesa. — Ela sentiu um arrepio.

— Sabe quem eu sou?

— Branca de Neve, princesa de Encantare.

— Quem é você?

— Estou pensando se é hora de dizer.

— O que quer comigo? — Ela ergueu o queixo, não demostrando uma gota de medo, apesar de sentir.

O rapaz colocou as mãos nos bolsos da calça escura e se aproximou.

— Eu que deveria fazer essa pergunta, afinal, você invadiu a minha casa.

— Você está dentro do meu espelho, então não invadi nada.

— Corajosa. — Ele abriu um sorriso, e Branca de Neve não soube entender se a palavra se referia ao fato de ela ter atravessado o espelho ou por ter dito que não invadira nada.

— Não sei como cheguei aqui. — Ela confessou, espiou ao redor e voltou os olhos para ele. Ela não seria uma presa fácil. — Você sabe?

— Não tanto quanto eu gostaria. — Mais uma vez uma frase misteriosa.

— Você é um feiticeiro?

— Sim.

— Mora dentro do meu espelho há quanto tempo? — A princesa cruzou os braços, e ele riu.

— Não moro dentro do seu espelho. Eu fico aqui. — Ele deslizou a mão no ar. — Posso ver o mundo através de qualquer superfície refletora, mas gosto de espelhos. Eles canalizam magia.

— Você fica aqui, como assim? Aqui onde? Está preso?

— No momento, estou amaldiçoado.

— Que tipo de maldição? — O assunto a interessava. Não conhecia ninguém amaldiçoado além dela mesma.

— Sono profundo.

— Isso não faz sentido. Você está acordado.

— Sim. — Ele deu dois tapinhas no próprio peito. — E não. — Ele se aproximou e colocou a mão sobre a redoma.

— Vocês são a mesma pessoa. — A princesa constatou com espanto. — Como é possível?

— É possível quando se é amado por uma feiticeira poderosa. A maldição do sono foi uma contramaldição. Era para eu estar em um lugar muito pior:

em Escuridão. — Lince lançou um olhar para a porta. — É o que acontecerá se eu tentar sair.

Perplexa, Branca de Neve caminhou até a porta e a abriu. O breu a envolveu, e também gritos estridentes de desespero.

— Por Eris! — Ela fechou a porta com um estrondo. — Que horror! Se não pode sair, você só tem companhia quando alguém vem até aqui como eu fiz agora?

— Você é minha primeira visitante. — Ele deu um meio sorriso. — Não me olhe desse jeito. Não sou um filhote perdido. Consigo ver o mundo inteiro através do espelho e conseguia falar com minha prima, mas apenas com ela. Até você chegar.

— Há quanto tempo você foi amaldiçoado? Quem é a sua prima?

— Há tempo demais. — Ele fugiu da resposta, e ela não gostou nada.

— Sinto muito — acabou dizendo em solidariedade, viver amaldiçoado não era fácil.

A luz da cabana ganhava força conforme o feiticeiro caminhava, sem pressa, e se sentava no sofá, apontando para a poltrona à frente. Branca de Neve apertou os lábios, refletindo, e, por via das dúvidas, beliscou-se para se certificar de que não estava sonhando.

— Você faz alguma ideia de como eu saio daqui? — Ela se sentou e colocou as mãos sobre os joelhos, apertando-os.

— Não, mas não se preocupe, você pode sair. — Ele estalou os dedos, e uma bandeja recheada de pães doces apareceu, acompanhada por um bule e xícaras. Com outro estalo, as xícaras foram preenchidas com o líquido aromático. — Pode se servir sem medo. Nada disso existe de fato. Estou amaldiçoado, lembra? Não consigo praticar magia, mas gosto de criar essas ilusões. Seria enlouquecedor se eu não as fizesse.

Branca de Neve não tocou em nada nem foi seduzida pelo aroma que não parecia uma ilusão.

— Eles a treinaram bem. — O feiticeiro deu um gole em sua bebida. — Humm... Esplêndido!

— De quem está falando?

— Kaelenar e Dandara.

— Você sabe demais sobre mim e eu não sei nada sobre você.

— Você é uma das pouquíssimas pessoas que sabe sobre a minha maldição.

— Mesmo assim, não é justo. Estou presa e não sei com quem.

— Você não está presa, princesa. Pode ir quando quiser.

Em um impulso, Branca de Neve se ergueu e caminhou decidida até o espelho, tocando-o com a ponta dos dedos. Sentiu a magia se espalhar. Ele dizia a verdade; ela poderia ir embora, mas voltou a se sentar. Algo dentro dela dizia que aquele homem tinha algo importante a lhe dizer.

— Eu vou assim que você me contar o que está acontecendo e como eu me tornei alguém que consegue entrar em um espelho.

— Você não entrou no espelho, você o atravessou. Não é comum, mas acontece. A primeira humana que fez isso foi a menina Alice, eu poderia contar a história dela, se você quiser.

— A história da Alice, seja ela quem for, fará com que eu entenda a minha?

— Não. Uma não tem nada a ver com a outra.

— Então podemos deixar essa história para outro momento e falar sobre o que você sabe sobre a minha.

Ele deu de ombros e colocou a xícara na mesa.

— Em geral, o espelho funciona como um portal para outros mundos, e ainda não sei se você pode acessá-los ou se a ligação a trouxe até mim. Os atravessadores de mundos são raros, ainda mais numa mesma família. — Ele fez uma pausa. — Poucos, se comparado a nós, feiticeiros. Eles são aqueles que possuem o poder de transcender as barreiras entre os reinos, de viajar além dos limites do que é conhecido. É um dom único, que nem mesmo Merlin sabe como surgiu.

Branca refletiu. Parte dela sempre esteve em busca de mais do que lhe diziam que poderia fazer.

— Quem da minha família tem esse dom? Algum antepassado?

— Morgana. Ela é sua contemporânea, mas vive do outro lado do portal, graças a Eris. Você e ela vivendo no mesmo mundo poderia significar a extinção da Ordem de Merlin. — Ele sorriu.

— Essa ligação que você disse também tem a ver com Morgana? O que ela quer dizer?

— Não. Para que eu possa detalhar mais a resposta, você precisará prometer não contar nada sobre mim a ninguém a menos que eu diga que possa. Está preparada para isso?

Branca de Neve mordeu a parte interna do lábio, pensativa. Ouvir informações do desconhecido implicava esconder e talvez até mentir para quem amava. Ela não gostava da sensação, mas desde que entrara na cabana se sentia cada vez mais impelida a confiar nele.

— Eu prometo — disse bem rápido, antes que desistisse.

A lareira estalou. O feiticeiro não precisava dela, mas apreciava o conforto que trazia. Amaldiçoado, ele perdera a capacidade de absorver as sensações externas.

— Meu nome é Lince. Sou seu feiticeiro por juramento... ou era.

Branca ficou apreensiva e sentiu o coração bater forte, levantou-se do sofá e se afastou dele.

— Você está mentindo.

Não tinha mais como ela ignorar a semelhança do feiticeiro com Nox. Chegou a pensar que eles pudessem ser da mesma família, mas ele não podia ser Lince. Ele estava morto.

— Não estou. — Ele não se moveu, e ela deu mais um passo para trás. — Não se preocupe. Eu jamais faria mal a você. — Diante da postura desconfiada dela, Lince continuou calmo. Ela não confiaria nele sem ver e sentir a verdade, então arregaçou a manga da camisa e mostrou a fênix tatuada que se mexia em seu braço como se quisesse voar até Branca de Neve.

— Lince. — Enfim, a certeza a atingiu. Ela não tinha consciência de como funcionava, mas era ele o feiticeiro que a protegera ainda bebê. — Todos pensam que você está morto.

— De certa forma, estou. Minha maldição pode nunca ser quebrada. Não faria sentido machucar ainda mais as pessoas que amo. Antes de você, ninguém nunca atravessou. A única pessoa com quem converso é Maya.

— Ela sabe?

— Ela criou a contramaldição que me mantém aqui e não em Escuridão. — O sorriso triste ocultava aquilo com o que fora obrigado a concordar mais cedo em conversa com Maya.

A princesa tornou a olhar para a cópia de Lince presa dentro da redoma de vidro. Seu pai havia lhe dito que Nox tinha seus motivos para ser como era, e mencionara que Lince morrera para proteger o reino. Consciente do quanto um feiticeiro por juramento sentia-se conectado a seu humano, ela soube, antes mesmo de perguntar:

— Quem o amaldiçoou?

Levantando-se, Lince percorreu a distância até encarar seu rosto do outro lado do vidro, pousando a mão lá.

— Não foi sua culpa, princesa — ele falou, baixo, compreendendo as conexões rápidas que ela fazia. — Eu faria de novo e de novo, se isso significasse quebrar a maldição que prende você a Electra.

Branca de Neve apertou os lábios e tentou, em vão, acalmar a culpa e a raiva que surgiam dentro de si. Primeiro a mãe, depois Lince... Quantos mais tiveram que se sacrificar e quantos ainda se sacrificariam por ela?

Mesmo que ninguém lhe contasse os detalhes sobre como a mãe se envolvera com aquela bruxa, Branca de Neve tinha maturidade suficiente para saber que, se estava amaldiçoada desde bebê, fazia sentido que a mãe tivesse morrido tentando quebrar a maldição. Lince morrera em seguida para proteger o reino, o pai lhe dissera. Mas ela aprendeu com Nox que um feiticeiro juramentado colocava seu protegido acima de tudo, inclusive do reino inteiro. Lince não se colocaria em risco de morte por ninguém mais além dela.

— Não foi sua culpa — ele repetiu, fitando-a.

A princesa estendeu a mão e cobriu a dele, surpreendendo-o. Ela assentiu. Não por conseguir se eximir da culpa, mas por ter um novo propósito: ela lutaria contra Electra e descobriria uma forma de libertar Lince. Não permitiria que ninguém mais se sacrificasse por ela.

CAPÍTULO 35

TEM CERTEZA DE QUE VOCÊ ESTÁ BEM?

Maya ouviu a pergunta de Adrian e acenou com a cabeça. Não era mentira, estava se sentindo melhor depois de tomar a infusão preparada por Akemi e dormir por horas. Embora soubesse que a sensação de bem-estar não duraria muito, não compartilharia a informação com ninguém.

Contara, parcialmente, a Adrian sobre a visita a Electra, ocultando o plano que se desenvolveu após a conversa com a bruxa. O plano devia seguir seu curso, e quanto mais pessoas soubessem, maior seria a chance de ele fracassar.

— Não se preocupe comigo.

— Impossível. — Ele se sentou a seu lado e beijou sua cabeça.

Por mais que ela afirmasse estar bem, Dandara contara a Adrian sobre a ideia absurda de Maya tentar outra contramaldição para dar mais tempo a Branca de Neve. A líder dos feiticeiros havia sido taxativa: não se sobrepõe uma contramaldição, porque a chance de morte do feiticeiro canalizador é certa.

— Promete não tomar nenhuma atitude extrema na minha ausência?

— Prometo tentar. — Ela sorriu e o beijou, procurando acalmá-lo. — Vá. Não pretendo sair do castelo.

— Antes que eu me esqueça — ele se levantou e ajeitou a gola do casaco —, Branca de Neve quer tomar café da manhã com você no jardim de inverno daqui a uma hora.

— Ótima ideia.

— Podemos jantar os três juntos hoje e fingir que contos de fadas sempre terminam bem, pelo menos por uma noite. O que acha?

— Acho que merecemos.

— Avise Branca de Neve por mim? — E saiu.

— É quase como se ele soubesse que esta é a última noite feliz que vocês três poderão compartilhar. — Lince surgiu no espelho, cabisbaixo.

— Ele sabe.

— Você contou o que fez?

— Não, mas qualquer um ciente da situação sabe que nossas chances são mínimas. Agora, me diga, está funcionando? Você viu Branca de Neve ontem?

— Sobre isso, o que você fez era para que eu a visse pelo espelho, conversasse com ela e partir daí, certo? Algo mudou?

— Nada mudou. Era exatamente isso.

— Se era isso, então, me explica: como ela atravessou o espelho?

Ao entrar no jardim de inverno, Maya relembrava a conversa com Lince. Eles não tinham certeza de como Branca de Neve conseguira atravessar o espelho. Achavam que o fato de estarem conectados pelo juramento pudesse ser a causa, mas ainda não havia como ter certeza. Também era possível que ela fosse uma atravessadora de mundos, e o feitiço da noite anterior tivesse feito o poder despertar.

Maya passou pelo caminho de pedras e se sentou sobre uma toalha que parecia ter sido posta para um piquenique. Havia um envelope, endereçado a ela, sobre a cesta. A feiticeira quebrou o lacre real e leu o cartão.

Branca de Neve se atrasaria meia hora. Com a energia baixa como estava, precisava comer. Abriu a cesta e pensou em pegar uma fruta, a princesa entenderia. Frutas e flores comestíveis eram muito ricas em nutrientes essenciais para a manutenção da magia dos feiticeiros.

Ao puxar o pano branco, avistou pães, queijos e frutas. A maçã atraiu sua atenção de imediato, e a feiticeira sentiu a boca salivar com a expectativa de levar aos lábios o fruto vermelho, brilhante e suculento.

Sem hesitar, mordeu a maçã.

Era dia quando Branca de Neve retornara ao quarto, depois do encontro com Lince, que trouxera descobertas e dúvidas. Prometera que não contaria a ninguém. Apesar de odiar mentir, não seria muito difícil cumprir a promessa. Se não a deixavam nem sair da torre ao menor sinal de perigo, o que fariam se descobrissem que ela se transportou através de um espelho?

A euforia ainda lhe causava cócegas no peito, e o medo lhe arranhava. Um dom assim não viria sem perigos e mentir nunca dava em bom caminho. Teria Nox vindo em sua ausência? Esperava que não, e desejava que Nox estivesse bem. Ficar sem notícias era angustiante.

O estômago roncou ao encontrar a bandeja com frutas e doces. Bocejando, sentiu o cansaço da noite insone, pegou a maçã mais vermelha e a mordeu.

CAPÍTULO 36

Depois da audiência com o rei, Dandara, Kaelenar e Akemi foram à cozinha. Não haviam comido nem dormido. Os três estavam calados, cabisbaixos. Diferente dos cozinheiros, que tagarelavam sem parar sobre o ataque à cidade, tão perto da festa da princesa, os outros não ousavam verbalizar que dali a dois dias seria aniversário de Branca de Neve.

O rei determinara que os preparativos continuassem; assim seria mais fácil manter um clima de tranquilidade no reino, apesar do incêndio. O contrário indicaria que eles perderam a esperança de salvar a princesa.

Dandara engolia um pedaço de queijo quando Nox se transportou para o meio da cozinha, fazendo-a quase se engasgar. Transportes mágicos eram proibidos na cozinha e no salão de jantar por um motivo.

— Ela está aqui? — o feiticeiro cochichou enquanto fazia um escudo ao redor dos quatro, para que tivessem privacidade e não fossem ouvidos.

— Quem? — Dandara perguntou, depois de tossir duas vezes. — Não me diga que perdeu a princesa?

Nox balançou a cabeça como se nunca tivesse ouvido algo mais absurdo.

— Pelo contrário. Eu a tranquei e enfeiticei qualquer possibilidade de saída do quarto. O único risco que ela corre é morrer de tédio — explicou, e Akemi ergueu uma sobrancelha. — Não pedi a sua opinião, Akemi. Às vezes, prender princesas em uma torre é o único modo de protegê-las. Podem questionar meus meios, mas...

Akemi anuiu, apesar de discordar. Nox deu de ombros ao continuar:

— Cruzei com o príncipe na cidade. Fui levar doces para que as crianças tenham bons pensamentos e sonhos. Eris sabe que elas vão precisar. — Ele tirou algumas balas encantadas do bolso. — O príncipe disse que Branca de Neve havia convidado Maya para tomar café da manhã com ela, e isso não faz sentido.

— Por quê? — Akemi trocou um olhar com Dandara e cruzou os braços.

— Vocês não estão me ouvindo? Branca de Neve estava trancada. Ninguém podia entrar nem sair. Como ela convidaria Maya para o que quer que fosse?

— Você checou como Branca de Neve está? — Kaelenar se levantou, bruscamente, pronto para partir.

— Óbvio. Ela está dormindo feito uma pedra. Nem acordou quando chamei. Então fui verificar Maya, e não a encontro.

— O príncipe não lhe disse onde seria o café da manhã? — A feiticeira ergueu o queixo, cogitando o que Adrian seria capaz de fazer para proteger a filha.

— Não perguntei. Eu me transportei para o quarto de Branca de Neve na mesma hora.

— E deixou o príncipe lá? — Kaelenar saiu do escudo protetor e os outros o seguiram. Se o conhecia bem, Adrian deveria estar descendo do cavalo no pátio.

— Por que eu o traria? — Nox perguntou ao correr atrás de Kaelenar. — Ele não corre perigo e pode voltar no cavalo dele. Sem contar que minha mãe espalhou feiticeiros por todos os lados de Encantare.

— Enquanto não soubermos o que está acontecendo, nenhum dos Pendragon está seguro. Vamos descobrir mais sobre esse café da manhã quando falarmos com Adrian.

Antes que qualquer um dos três pudesse chegar ao pátio, ouviram um alarde vindo da ala leste e viram o príncipe, ofegante e descabelado, carregando Maya nos braços.

❧

Como se intuísse a urgência e o perigo da situação, o vento agitou as cortinas do quarto de Adrian. Momentos confusos se seguiram; o príncipe acomodou

Maya sobre a cama no instante em que Nox surgia com Branca de Neve desacordada em meio à névoa lilás, e Solitude entrou ganindo pela porta.

— Minha filha! — Adrian pegou a princesa e apertou-a junto ao peito. — O que houve?

— Não consigo acordá-la. — Nox era a personificação do assombro. — Não faz sentido.

A respiração do príncipe estava acelerada. Ele colocou a filha ao lado de Maya e acariciou seus cabelos. Ele a chamou, tocou seu ombro e nada; assim como a feiticeira, a princesa não voltava a si, apesar de o coração ainda estar batendo.

Adrian não sabia que poderia sentir uma dor tão profunda. Não precisava ser feiticeiro para entender que aquela tragédia tinha a ver com magia, algo tão poderoso que nenhum deles pôde prever, nem mesmo remediar.

— Como você não sentiu que Branca de Neve estava em perigo? — Dandara murmurou para Nox, tão confusa quanto qualquer um ali.

— Não sei. Nada disso faz sentido.

— Sabe que preciso perguntar: você não colocou aquele plano estúpido em prática, colocou?

— Não é óbvio que não? — O feiticeiro lançou um olhar de choque e indignação para Dandara. — Qual parte do meu plano envolvia deixar Branca de Neve neste estado?

A feiticeira estreitou os olhos. Era evidente que Nox e Branca de Neve estavam se aproximando rapidamente, mas ela se admirou ao perceber o quanto a situação o abalava.

— Akemi, investigue o jardim de inverno — o príncipe instruiu, decidido. Faria o possível e o impossível para trazê-las de volta. — Quando a encontrei, Maya estava na área em que Branca de Neve faz seus piqueniques. Dandara, faça o mesmo nos aposentos da minha filha. Kaelenar, reúna os seus melhores guardas e certifique-se de que eles são de confiança. Nox, busque sua mãe e lhe diga o mesmo que eu disse a Kaelenar. Precisamos de todas as pessoas leais com que possamos contar. — Ele fez uma pausa ao olhar para o rei Mirthan, que entrava no quarto escoltado por seus guardas, e teve seu olhar de autoridade transformado no de avô e amigo aflito ao fitar as duas mulheres na cama.

Os feiticeiros se entreolharam, esperando. Seu dever era proteger os Pendragon, e as ordens de Adrian tirariam todos da equação, ainda que apenas por instantes, em um momento de risco. Uma determinação assim poderia vir apenas do rei.

Mirthan tomou a mão da neta entre as suas e a beijou como um avô desolado faria, depois se virou para todos com o semblante transformado: fúria e dor se misturavam.

— Façam o que Adrian disse e mandem o comandante do exército vir a mim — ele dirigiu a última parte a um de seus guardas pessoais. — A festa de aniversário da princesa está adiada até segunda ordem. Quando cada feiticeiro cumprir o que lhe foi dito, venham a mim. A bruxa deu um jeito de se infiltrar no castelo.

CAPÍTULO 37

As passagens secretas eram um labirinto de corredores sombrios e estreitos, como veias percorrendo o coração do castelo. Adrian caminhava determinado. A luz fraca da tocha lançava sombras dançantes nas paredes de pedra. A tormenta emocional o abalava. Não havia sinal de melhora na condição de Maya e Branca de Neve. O coração de ambas batia fraco, como se a vida estivesse por um fio.

Perto da saída, prendeu a tocha à parede e emergiu pela passagem secreta, adentrando a floresta que circundava o castelo. A escuridão da noite o abraçou. Avançou a passos firmes, a postura denotando a urgência que sentia.

Foi então que avistou um homem parado entre as árvores. Seus olhares se encontraram, um confronto silencioso. Adrian se aproximou com os punhos cerrados ao lado do corpo e ouviu o outro dizer:

— Está planejando começar uma briga, amigo?

— O pensamento me ocorreu.

— No que ajudaria você levar uma surra?

— O que aconteceu? — O príncipe ignorou a provocação, suprimindo o desejo de acertar o nariz do Caçador como fazia quando treinavam juntos. — Você deveria protegê-la.

Sob o manto da noite estrelada, Adrian e Malakai enfrentaram-se em um duelo silencioso de olhares carregados de tensão. A lua lançava um brilho prateado sobre eles, criando sombras profundas que dançavam no rosto dos dois.

Os olhos do príncipe eram como estrelas apagadas, oscilando entre o desespero e um anseio quase incontrolável por redenção. Malakai, por outro lado, exibia uma serenidade tolerante, como se as sombras da noite fossem uma extensão de sua alma. Seu olhar, ansioso como a lâmina de uma adaga, sondava o príncipe com ligeira impaciência.

— Eu não pude fazer nada, Adrian. Branca de Neve estava em sua torre encantada, onde deveria ser o lugar mais seguro para ela estar. Apenas Nox poderia quebrar o encanto, e duvido que faria isso. Ninguém é liberado da proteção por juramento, a menos que o rei e Merlina aprovem — disse, por fim, Malakai. — Quanto à Maya, eu estava por perto, mas eu não sabia que a maçã estava enfeitiçada. O que nos leva a outro ponto: por que ela não pressentiu?

— Ela vem enfraquecendo mais a cada dia por causa da contramaldição. — O tom era sombrio.

— Não sei como ela aguentou até hoje. Manter duas contramaldições é insustentável.

— Maldições de que você participou. — Adrian ainda conseguia reviver a fúria que sentiu ao descobrir que Malakai fazia parte da maldição de Branca de Neve e de seu feiticeiro por juramento.

— Eu fiz o que devia fazer na época e não me explicarei outra vez. Confia em mim ou não?

— Confio. Como as acordamos? — Adrian cedeu e deixou de lado o assunto sobre as motivações de Malakai. Não era hora de discutirem os métodos do Caçador.

— O que o faz pensar que eu sei, se nem os preciosos feiticeiros guardiões de Encantare sabem? — Malakai cruzou os braços.

— Você conhece quem deve saber. — Adrian foi ríspido. — Não posso deixar que elas morram.

— Elas não vão morrer — ele respondeu, áspero. — Electra quer as duas vivas, e não duvido que ela tenha outros olhos no castelo, além dos meus. Não acredito que elas estejam sob a maldição do sono. Não senti nenhuma energia das trevas quando as visitei mais cedo. — Malakai abrandou o tom. — Você sabia o que estava começando quando atirou aquela flecha em Maya. Eu avisei que trazê-la para o castelo seria um risco.

Adrian suspirou, seus ombros se abaixaram.

— Você me disse que ela era a assassina de Sarah.

— Era a informação que eu tinha. — Malakai se arrependia daquilo, mas apenas repetiu o que acreditava ser a verdade.

— Eu devia ter contado aos feiticeiros que ela foi visitar Electra.

— Se o fizesse, ficaria exposto. Tenho algumas suspeitas sobre o que está acontecendo. Contaremos se elas se confirmarem.

— Precisamos ter certeza. Faça o que tiver de fazer para que saibamos o que está acontecendo e possamos resolver esse assunto o mais rápido possível.

O Caçador colocou a mão no ombro do príncipe.

— Nós conversamos sobre isso, Adrian. Eu o avisei, há quase vinte anos, do que aconteceria se alimentasse seus sentimentos por Maya, sendo ela filha da bruxa. — Ele fechou os olhos por um momento, sua expressão estava conflitante. — Eu vou atrás de respostas. Se qualquer um perguntar, diga que me pediu para procurar uma cura. Estamos em um terreno perigoso. É melhor dizer parte da verdade para não levantar suspeita.

Adrian sentiu a sinceridade em suas palavras. Se havia alguém que poderia ajudá-lo, era o bruxo que conhecera ainda menino e vira se tornar o Caçador.

— Obrigado.

Malakai não respondeu, apenas acenou em concordância antes de se virar e desaparecer entre as árvores. Adrian retornou ao castelo, exausto. Tudo que passara anos planejando estava desmoronando.

⚜

Ao chegar aos seus aposentos, Adrian encontrou Nox ao pé da cama. Seu semblante estava angustiado; o olhar, perdido. O desalento era tão forte que Adrian foi atingido por uma onda de energia e cambaleou para trás.

— Perdoe-me. — Nox o ajudou a se recompor. — Essa situação me desnorteia.

A confusão emocional de Nox era tanta que nem se importou de esconder.

— Foi como se um sentimento de culpa me atingisse. — Adrian se sentou na poltrona, passando a mão na testa. — Entendo a sensação.

— É minha culpa — admitiu. — Eu devia proteger Branca de Neve. Se Maya também foi atingida, não tenho mais motivos para duvidar de sua idoneidade. Por que a abateriam se ela pretendia entregar a princesa? — divagou, olhando para o nada.

Não passou despercebido a Adrian que Nox relacionou seu dever especificamente à Branca de Neve, e não ao reino. Devia ser verdade os rumores que ouvira de que Nox era contra a aliança e acreditava que proteção deveria ser uma escolha.

— As duas pessoas que mais amo não conseguem acordar. Foram amaldiçoadas ou enfeitiçadas dentro do castelo, no lugar em que deveriam estar em segurança. Como eu disse, entendo como se sente. Eu daria a minha vida para trazê-las de volta.

Nox não sabia se daria a vida por quem quer que fosse; talvez por Lince, se tivesse tido a chance. Quando perdera o irmão, fechara-se dentro de si e prometera nunca mais deixar ninguém entrar. Era seguro manter distância emocional de todos, ainda mais sabendo que Maya teve responsabilidade na morte dele.

— Eu culpei Maya pela forma como perdi meu irmão, mas venho me questionando se agi certo. Há situações que fogem do controle. — O lamento foi tão intenso que Adrian sentiu a própria culpa se misturar à de Nox. — Não quero que Maya morra, mas eu salvarei Branca de Neve, se tiver que salvar apenas uma.

O príncipe não disse nada. Como poderia? Amava as duas de todo o coração, mas Branca de Neve era sua garotinha. Esperava não precisar tomar o tipo de decisão a que Nox se referiu.

Não sabia mais se eram os próprios sentimentos que o atormentavam ou se Nox não estava conseguindo conter os seus. A imensidão da culpa era proporcional à impotência. E, como se eles não estivessem abalados o bastante, Branca de Neve ergueu o tronco e se sentou na cama, puxando o ar, desesperada.

CAPÍTULO 38

Sem saber o que se passava no castelo, Malakai trilhava um caminho sinuoso através da densa floresta, indo em direção ao palácio da bruxa. Estava irritado quando avançou pelas grandes portas de madeira esculpida, mas sua expressão não demonstrava nada além de frieza.

No centro do salão, sobre um trono vermelho, estava Electra. Seus cabelos loiros caíam em cascata sobre os ombros, os olhos brilhavam com uma intensidade quase sobrenatural.

— Eu não me recordo de tê-lo chamado.

— Não me recordo de ser seu criado. — Ele deixou o corpo desabar em um dos sofás e acenou para que alguém lhe trouxesse comida e bebida.

Ela estreitou os olhos, e a curiosidade venceu.

— O que veio fazer aqui?

— Maya e Branca de Neve foram encontradas desacordadas pela manhã. Suponho que seja obra sua.

O leve franzir na testa de Electra foi o suficiente para que Malakai compreendesse que ela não era a responsável pela situação.

— Por que eu faria algo contra Maya logo agora que ela concordou em me entregar a princesa? — Electra bateu o dedo na bochecha e sentiu uma nova ruga se formando.

Como o tempo não era seu aliado, Electra tratou de contar a Malakai o acordo que fizera com Maya: Adrian sairia ileso e a maldição de Lince seria quebrada, desde que Branca de Neve fosse entregue antes do término das doze badaladas do dia em que completasse dezoito anos.

— Longe de mim gostar de fadas-madrinhas, mas adoro a dramaticidade que elas dão às doze badaladas. — Ela simulou o badalar do sino.

Malakai continuava sem acreditar que Maya teria coragem de entregar a princesa, mas havia algo de que ele não tinha dúvida:

— O fato é que as duas estão sob um feitiço.

— Não havia como descobrirem o meu acordo com Maya sem que ela contasse, mas não faltariam voluntários para neutralizá-la se descobrissem. — A bruxa refletia. Teria a filha sido tola o suficiente para contar a alguém? — Alguma chance de Adrian ter feito isso? Talvez ele pense que, com Branca de Neve inconsciente, eu não a tomarei para mim. Tolo. Nem que eu tenha que trazê-la numa carroça, a princesa será minha. Aquele coração é o único puro o suficiente para me dar séculos de juventude, além da chance de destruir a aliança de uma vez por todas.

— Não foi o Adrian. Ele me implorou para vir convencer você a me dar a cura.

— Ele ainda acredita que você o escolheria em vez de mim?

Um sorriso travesso despontou em Electra quando Malakai deu de ombros. Ela testara a lealdade dele por décadas, e continuaria fazendo aquilo por toda a eternidade. Ninguém poderia traí-la se ela estivesse sempre um passo à frente.

— O príncipe deveria ser apenas um peão em suas mãos, meu querido. — Electra desviou os olhos do espelho para o corpo forte de Malakai, que a ignorava. — Você se afeiçoou a ele. Assim como Maya, você ainda não aprendeu que aqueles que despertam nossa afeição são os que mais têm poder para nos destruir. — Ela acariciou o próprio rosto.

Em um movimento brusco, Malakai se levantou. Não precisava ser lembrado do risco que sua amizade com Adrian lhe oferecia.

— Não deixa de ser divertido. — Os olhos de Electra faiscaram, tomados por um brilho escuro. — Há alguém agindo bem debaixo do nariz de Adrian. Um novo inimigo, talvez? Ou um já conhecido? — Ela esfregou as mãos e deu de ombros. — De um jeito ou de outro, em dois dias, Branca de Neve será minha. Contudo, a curiosidade está me matando: se eu não sou a responsável pela situação de Maya e Branca de Neve, quem é?

CAPÍTULO 39

NÃO DEMOROU PARA QUE O QUARTO DE ADRIAN SE ENCHESSE DE FEITIceiros. O rei, que tinha se retirado para lidar com as medidas de proteção extra do castelo, chegara correndo logo após receber a notícia e abraçara a neta por longos segundos. Adrian sorriu. O pai falhara com ele tantas vezes, mas se tornara um avô incrível. Os dois se adoravam.

A mão de Branca de Neve tremeu, e Adrian a segurou, buscando tranquilizá-la e mostrar que estava segura.

— Você não se lembra de nada? — Dandara perguntou mais uma vez a Branca de Neve, enquanto Akemi verificava seus sinais vitais e sinalizava para a feiticeira que estava tudo bem com a princesa.

— Nada. — Branca de Neve balançou a cabeça. — Foi como dormir, eu disse.

— Não teve nem um vislumbre? Tem certeza de que não viu Maya enquanto dormia? — Merlina insistiu.

A princesa estava cansada do escrutínio, pois já havia respondido às mesmas perguntas várias vezes. Não sabia por mais quanto tempo conseguiria mentir. Queria encerrar o assunto e ir ao encontro de Lince.

Como se intuísse a situação, Nox se intrometeu:

— Já chega de perguntas por hoje. Imagino que Branca de Neve queira um pouco de privacidade depois de passar horas ouvindo nossas teorias. Antes de sabermos para onde ela foi, é melhor descobrirmos como ela foi parar lá, assim podemos impedir que aconteça de novo.

Apesar de não gostar que outros falassem por ela, a princesa sentiu-se aliviada e grata pela intervenção de Nox. Antes de ir, ela olhou para Maya, ainda adormecida na cama, abraçou o pai e se afastou, tentando esconder os olhos marejados.

Em silêncio, Nox a acompanhou pelo corredor. Ao vê-la bocejar enquanto abria a porta do quarto, disse:

— Eu a deixarei dormir e descansar, porque é evidente que você estava bem acordada, seja lá onde estivesse. — A princesa desviou o olhar. — Está com fome?

— Não. Quero dormir. Conversamos mais tarde.

Havia mais do que cansaço na voz de Branca de Neve, e Nox não insistiu. Era um alívio vê-la acordada, mas o mistério sobre onde a garota estivera deixou o feiticeiro intrigado, principalmente por sentir uma forte magia a protegendo. Se sentira, os outros também sentiram, por isso pressionaram tanto.

— Eu trarei sua comida a partir de agora. Apesar de não haver traço de magia em nenhuma das maçãs que estavam no seu quarto, prefiro me assegurar. Assim que acordar, diga meu nome, e eu virei.

Era quase meia-noite quando Branca de Neve, desafiando o gélido toque da noite e as paredes úmidas pela neve, escalou as muralhas do castelo em direção ao telhado, seu refúgio particular. A lua, tímida e encoberta por nuvens densas, dava ao cenário uma penumbra intrigante. Não era a hora ideal para estar lá fora, e ela congelaria se demorasse a entrar, mas ansiava por um momento de paz antes de executar o próximo passo do plano.

Durante toda a vida, havia almejado um lugar entre os adultos, uma posição em que não fosse vista como alguém a ser protegida, mas como uma aliada. Compreendia a dificuldade do pai e do avô em permitir que ela se envolvesse em situações arriscadas, mas era grata aos feiticeiros guardiões pelo treinamento que recebera. O caminho à frente era nebuloso e carregado de perigos, e a ironia residia no fato de que aqueles que a protegeram durante seu crescimento não imaginavam o que acontecia com ela. Como poderia lhes contar o que se passava sem que eles a impedissem de lutar?

— Por que não me chamou ao acordar e por que vir ao telhado? — A voz melodiosa de Nox ecoou atrás da princesa. Não havia mais rispidez, como nos primeiros dias. Algo tinha mudado entre eles no decorrer do tempo e da convivência. — De todos os lugares, por que este é o seu preferido?

Branca de Neve se virou, observando Nox se aproximar com as mãos enfiadas nos bolsos do casaco. Pensou em negar que aquele era seu lugar predileto, mas, quando abriu a boca, algo a fez confessar:

— Quando eu era pequena, ouvi a história de uma princesa que ficava aprisionada em sua torre. Ela viveu lá por muitos anos, sozinha. Um dia, um príncipe apareceu para resgatá-la. A princesa estava tão debilitada por ter passado tanto tempo naquela prisão que enlouqueceu ao se encontrar em liberdade. Ela matou o príncipe e sumiu no mundo. Consegue imaginar tanto sofrimento?

Nox não apenas imaginava; vivenciara tal terror no passado. Fora o responsável por investigar como uma maldição, cuja cura residia em amor verdadeiro, poderia ter dado tão errado.

— Por isso você escala as paredes. Não precisa que um príncipe a salve — Nox percebeu. — Você não cansa de me surpreender, princesa.

— Não serei aprisionada nem ficarei à espera de alguém. — A determinação era evidente. — Quero viver uma história de amor, mas não preciso ser indefesa e muito menos ficar presa na torre.

— Foi um erro, peço desculpas. — Até Nox se surpreendeu ao revelar uma sinceridade não esperada enquanto diminuía a distância entre os dois. — Fique tranquila. Apenas um feiticeiro juramentado pode prendê-la como eu fiz.

— Saber que apenas você pode me prender me tranquiliza imensamente. — Branca de Neve foi irônica.

— Não acontecerá de novo. — Nox abriu um sorriso travesso ao parar ao lado da princesa. — A menos que me peça.

— Nunca pedirei. — A princesa cruzou os braços.

— Nunca diga nunca. — Veio a provocação. Sem saber ao certo a motivação, Nox confidenciou: — Rowena não estava louca — referiu-se à princesa aprisionada na torre. — Tampouco precisava ser salva.

— Mas o príncipe não foi até lá para acordá-la com um beijo?

— É preciso amor verdadeiro para acordar alguém com um beijo, princesa. Você se surpreenderia se soubesse o quanto é raro. É mais comum acontecer nos livros, além disso, Rowena nunca esteve dormindo. Não havia sequer uma maldição. Seus pais a prenderam para que ela aceitasse se casar com quem eles tinham escolhido.

— Como assim?

— Você ficaria surpresa com quantas vezes os humanos usam a desculpa da magia ou de uma maldição para conseguir o que querem. Parte do meu trabalho era rastrear e investigar situações como essas. Infelizmente, quando encontrei Rowena, era tarde demais para impedi-la de assassinar o príncipe. Não que ele não merecesse o destino que teve, mas isso colocou um alvo nas costas da princesa.

— Aquele príncipe quis forçá-la a aceitá-lo. — Ela compreendeu as entrelinhas.

— Ele matou o verdadeiro amor de Rowena diante de seus olhos, achando que assim ela se veria indefesa e cederia, mas ela era forte, como você, mas não foi criada com a mesma liberdade que você tem. Muitos pais manipulam a história para dominar os filhos. De certa forma, é fácil. O povo sabe que as maldições existem, e se o rei ou o príncipe disser que é esse o caso, todos acreditarão.

— Sei que nem todos os pais são bons e amam os filhos incondicionalmente — ela murmurou, estremecendo e aproximando-se mais de Nox sem nem perceber, só deu por si quando os braços se tocaram. — Rowena ainda está viva?

— Na última vez em que a vi, estava longe de casa e segura. Não sei dizer sobre o seu coração, mas espero que tenha conseguido amar novamente — O vento sussurrava enquanto a princesa absorvia as revelações, suas emoções estavam em tumulto. — Você fez bem em aprender a escalar paredes. Kaelenar e Dandara foram sábios em treiná-la. Você é uma princesa e um alvo, por consequência, mas não posso dizer que é indefesa. É uma guerreira. Eu não teria feito melhor se tivesse ficado. Aconteceu como tinha que ser.

Nox desviou o olhar para o horizonte, e Branca de Neve, ainda próxima demais, estremeceu. A brisa noturna envolvia a dupla, e o silêncio da noite ampliava as palavras ditas. Querendo apreciar mais aquele momento, Nox fez a princesa se sentir como se estivesse em um gostoso dia de primavera.

— Foi muito gentil para alguém tão petulante como você — Branca de Neve provocou.

— Sou sempre gentil, simpático e compassivo.

— Mentiroso. — Ela empurrou Nox.

— Ah, é? Direi algo, e você tentará descobrir se é verdade ou não. — Nox se virou de lado para estudar cada detalhe do rosto de Branca de Neve, que sustentou seu olhar até o desviar, corando. — Quando percebi que você não acordava, fui consumido pelo desespero. Meu coração se contraiu com tanta força que cheguei a me questionar se voltaria a pulsar.

Branca de Neve engoliu em seco e entreabriu os lábios. Nunca fora tão surpreendida. Como conseguiria esconder os sentimentos conflitantes que passara a sentir por Nox? Como negar que a raiva e a antipatia iniciais foram substituídas por carinho e afeição?

— Verdade — ela admitiu, com o coração acelerado pelo medo de estar errada.

O sorriso de Nox poderia iluminar a noite fria e aquecer cidades inteiras.

— Você está certa — Nox deu uma piscadinha —, mas teremos que deixar essa conversa para mais tarde, depois que me contar o que está escondendo. — A seriedade inundou os dois.

— Não é fácil de dizer. — Ela se sentiu vulnerável. Não sabia dizer se estava aliviada por Nox mudar de assunto ou triste por não saber o que viria depois da revelação.

— Tente. — Ele percebeu a angústia nos olhos da princesa. — Você não está sozinha.

A atmosfera ao redor estava impregnada de segredos não compartilhados. Suspirando, Branca de Neve tocou o braço de Nox e disse:

— Preciso mostrar algo a você.

CAPÍTULO 40

— O QUE QUER ME MOSTRAR? — NOX PERGUNTOU QUANDO CHEGAram ao quarto da princesa, que estava aquecido pela lareira. Branca de Neve apertava as mãos, ansiosa.

— Espelho... — a garota pigarreou, repetindo as palavras que Lince lhe ensinara: — Espelho, Espelho meu, existe um coração mais bondoso que o meu?

— É falta de modéstia presumir isso, princesa. — Nox franziu o cenho. — Talvez você tenha o coração mais bondoso do reino e... — Interrompeu o fluxo das palavras ao ver o tremeluzir do espelho. — Você está mexendo com magia? — Nox se sobressaltou e tocou o ombro de Branca de Neve, preparado para transportá-la para longe dali se fosse necessário.

Os fios lilases e verdes de magia se espalhavam pelas bordas do espelho, convergindo para seu centro enquanto Nox sentia a presença do irmão que acreditava estar morto. Não, não podia ser.

Branca de Neve lançou um olhar preocupado para Nox, entendendo o quanto tudo aquilo era doloroso e estranho. Ela moveu rápido o braço e segurou a mão de Nox, que a surpreendeu por não se afastar; pelo contrário, entrelaçou os dedos aos dela. Era a primeira vez que a princesa via sua vulnerabilidade.

Antes que Nox pudesse se recuperar e perguntar o que era aquilo, foram sugados para dentro do espelho. Quando reapareceram do outro lado, na reprodução da cabana em que Lince estava aprisionado, Nox olhou ao redor, freneticamente. Ele nunca tinha ido ao lugar que o irmão havia construído para Maya morar, então não o reconheceu, mas estranhou ao ver, em um canto, um pano cobrindo algo grande demais para ser uma mesa. Sentindo o coração acelerar, Nox avançou e estendeu a mão para puxar o tecido, mas uma voz conhecida o fez parar.

— Senti saudade, Nox. — Lince saiu das sombras em que se escondia.

Fechou os olhos por um instante, apertando-os antes de se virar. Teria cometido a tolice de permitir que alguém lançasse um feitiço que a fez alucinar com o irmão morto? Buscando manter o controle, volveu-se e observou o homem que dizia ser seu irmão.

— Quem é você? — A voz mantinha a força usual, e ele colocou Branca de Neve atrás de si que, mesmo irritada com o movimento, aceitou.

Lince deu um passo à frente, e Nox ergueu a mão para ele, a magia faiscava entre seus dedos.

— Eu sou o seu irmão.

— Você tem a aparência, a voz e — fungou o ar — até mesmo o cheiro dele, mas qualquer feiticeiro transmorfo poderia usar esse truque barato.

— Eu sou o seu irmão. — Lince virou a palma da mão para cima e uma fênix de energia brilhou, sobrevoando-o e envolvendo-o com magia.

Nox observou o pássaro brilhante voar e planar em frente a seu rosto. O animal estendia fios de magia por onde passava. Apertando os lábios e piscando várias vezes para não ser tomado por lágrimas, virou a palma da mão para que a fênix pousasse e se aninhasse, como se voltasse para casa.

Branca de Neve não conseguia compreender como Nox não correra para abraçar o irmão, mesmo com a emoção lhe rasgando a face, o feiticeiro se esforçava para se manter frio e distante.

— Por quê? — Nox perguntou ainda sem se mover.

Lince sabia ao que ele se referia: por que Lince deixou que pensassem que havia morrido.

— Foi mais fácil assim, Nox.

— Fácil para quem?

— Você não conseguiria me ver. Maya conseguia porque foi ela quem criou a contramaldição e...

— Do que está falando? Você foi amaldiçoado por quem? Por que a Maya está sempre envolvida em maldições?

— Se me deixar falar, responderei a todas essas perguntas.

— Agora eu estou impedindo você de falar? — Nox rebateu, sem conseguir ficar parado. — Você passou anos em silêncio, enquanto eu sofria.

— Você acha mesmo que eu não falaria com você se pudesse? Acha que eu não sofria? — A tristeza de Lince foi evidenciada pela dor em cada palavra, o que fez Nox parar e o fitar. — Não posso contar os detalhes, já que não me recordo. O que lembro é de ir à mansão de Electra e mais nada depois disso até acordar em Escuridão.

A palidez e o terror de Nox demonstraram à Branca de Neve que o lugar era ainda pior do que ela pensava. Quando Lince removeu o manto que cobria a redoma, Nox se aproximou devagar e tocou o vidro gelado. Então era ali que estava o corpo que tanto procurou para dar uma cerimônia de despedida digna ao irmão.

Nox sentira tanta raiva de Maya e a culpara ferozmente, assim era mais fácil encarar que aquilo poderia ter sido evitado, mas não poderia. O único motivo que levaria Lince até Electra seria salvar Branca de Neve, e Nox compreendia cada vez mais as motivações por trás de um sacrifício como aquele. Um instante de fúria brilhou em seus olhos quando reafirmou o que no fundo sempre soube.

— Os Pendragon e a aliança são os responsáveis. — Nox ouviu a respiração ofegante de Branca de Neve, mas não se virou para ela.

— Foi minha escolha ir até lá. — Lince sabia que a conversa levaria a isso. Gostaria que tivesse uma forma de falar com Nox a sós, mas não conseguiria sem Branca de Neve. Ela era a única capaz de atravessar o espelho. Ela era o meio pelo qual Nox conseguiria vir.

— Não foi sua escolha. A aliança faz isso. Ela nos controla. Nossa vida existe para protegê-los. — Com raiva, Nox não conseguiu deter o fluxo de palavras, mesmo reconhecendo, nos últimos dias, que protegeria a princesa mesmo se não tivesse sido obrigado a isso.

— Não é assim que a aliança funciona, e você teria percebido se não fosse tão teimoso. — Lince olhou do irmão para Branca de Neve antes de acrescentar: — Algo me diz que sabe muito bem do que estou falando.

— O que eu sei é que nenhum de nós estaria em Encantare se tivesse escolha. — Nox foi ríspido, ainda sem conseguir lidar com a avalanche de emoções.

Ao notar que o irmão fez menção de se mover em direção à Branca de Neve, Nox finalmente se virou. A expressão manteve-se fechada mesmo quando sentiu a culpa e a tristeza na princesa, que decidira não se manifestar. Estava tão abalado que temia começar a chorar, e se odiaria se demonstrasse vulnerabilidade naquele momento.

— Leve-me de volta, princesa. — Nox se endireitou, apontando a cabeça para o espelho.

CAPÍTULO 41

MALAKAI OBSERVAVA O MOVIMENTO NO PÁTIO DO CASTELO. Não lhe passou despercebido que a segurança estava reforçada, o que não era surpresa, afinal, no dia seguinte seria o aniversário da princesa, e ninguém ali a entregaria sem lutar.

Para infelicidade geral, não era assim tão simples. Se Branca de Neve não fosse entregue, Adrian pagaria. Tudo por conta daquele acordo estúpido que Sarah fizera com Electra. Pessoas idiotas sempre estavam dispostas a pagar um preço altíssimo para conseguir o que queriam da forma mais fácil sem se importar com quem precisariam destruir pelo caminho.

Passando a mão pela cabeça raspada, o bruxo refletia sobre a confusão que se iniciara anos antes, quando o rei obrigara Adrian a aceitar aquele casamento. Fora em um evento mágico que Malakai e Adrian se conheceram. O bruxo havia perdido sua família ainda bebê e crescera sem muitos amigos, oculto e protegido por segredos e sombras da floresta.

Ele tinha sido criado pelo mítico Caçador, um ser que, diferente do que o nome poderia indicar, protegia a floresta dos danos causados por seres de qualquer espécie. Ninguém sabia exatamente o que ele era, nem qual era a fonte de seu poder. Em teoria, era um solitário, cuja família eram os seres que compunham a fauna e a flora da floresta. A solidão do Caçador não era definida por regras. Muitos diziam que era mais fácil proteger a natureza quando não havia uma família que poderia ser ameaçada ou morta no processo.

O Caçador estava em uma expedição na floresta quando nuvens de fumaça chamaram sua atenção, e seguiu até o local. Era um pequeno vilarejo, composto por não mais do que vinte casebres de madeira. Ele conhecia o grupo de pessoas — bruxos e bruxas — que vivia ali, e ficou assombrado ao constatar que não restara muito além de restos mortais, madeira queimada e cinzas. Foi uma surpresa para ele quando ouviu o choro baixo de uma criança.

O menino tinha seis anos e estava em choque, sua magia transbordava pelos poros. Não foi difícil entender que alguém muito poderoso abrira mão do próprio poder para salvá-lo. O Caçador não teve dúvida: algo tenebroso havia acontecido naquele lugar, e quem fizera aquilo não gostaria de saber que havia um sobrevivente. Então, tomou a única decisão que um protetor poderia tomar.

Conquistar a confiança de Malakai não tinha sido fácil. O menino nunca falou sobre o que havia acontecido naquele dia e teve pesadelos por meses, todas as noites. Ele temia que os homens que atacaram sua vila voltassem. E, infelizmente, seu temor tinha razão de existir. Dois anos depois, o Caçador foi cercado quando cuidava de um cervo ferido. Malakai estava mais adiante, brincando com coelhos, quando pressentiu o perigo e correu em direção ao homem que passara a chamar de pai. Ele encontrou o Caçador pouco antes de ele dar seu último suspiro.

Naquela mesma noite, quem matou o pai voltou para matá-lo. Quando o menino já estava perdendo as esperanças de conseguir sobreviver, uma bruxa misteriosa o encontrara. Ele tinha oito anos quando Electra o levou para ser criado com pessoas como ele. O Caçador já havia explicado a Malakai que ele era um bruxo, mas também era um feiticeiro híbrido; filho de um bruxo e de uma feiticeira. Os poderes do menino estavam despertando, e ele não tinha para onde ir, então a seguiu. Ela lhe contou que o Caçador tinha sido assassinado por uma ordem do rei Mirthan Pendragon.

Três anos depois, Malakai conheceu Adrian por intermédio de Electra, que usou um feitiço para que Adrian se perdesse na floresta e fosse encontrado pelo menino. Era por isso que o bruxo sabia que o plano dela começara muito antes do nascimento de Branca de Neve. Era algo milimetricamente calculado para lhe dar o poder que queria e destruir quem ela tinha por inimigo.

Por alguns anos, Electra deixou Malakai à vontade com essa amizade, tão à vontade que, para o menino, ela se tornou real. Contudo, o pequeno bruxo passara por perdas demais na vida para entender que ela o obrigaria a escolher, mais cedo ou mais tarde. Ele sabia que havia algum interesse ardiloso por trás. E, na primeira lua dos seus treze anos, começou a se preparar para esse dia.

A bruxa não contava que os dois se afeiçoariam de verdade, e vivia medindo forças com essa amizade. Malakai escolheu continuar com ela, porque sabia que era quem o ajudaria a ter sua vingança, mas ele não permitiria que Adrian ou a filha fossem feridos no processo.

Nem tudo no plano de Electra foi bem-sucedido. O amor de Adrian e Maya, por exemplo, fora um golpe de sorte até o rei exigir que o filho honrasse o acordo de casamento em nome do reino.

Electra cogitou matar Sarah antes de entender que o amor proibido entre um príncipe e uma feiticeira era o que ela precisava. Só assim teria acesso à primogênita de Adrian, pois Maya não cairia numa maldição tão facilmente quanto uma humana que pensava apenas em si.

Sem dúvida, o maior teste pelo qual a amizade de Adrian e Malakai passou foi quando o bruxo escondeu do príncipe que Sarah visitou Electra. Mas não havia alternativa. Se contasse, Electra descobriria que ele não era de confiança e, como ela estava decidida a ter o primogênito do príncipe, não desistiria até conseguir.

O Caçador não permitiria que nem Branca de Neve nem Adrian morressem. Precisava executar sua vingança e salvá-los, ainda que morresse no processo.

CAPÍTULO 42

A NOITE JÁ AVANÇAVA, E A MAIORIA DAQUELES QUE HABITAVAM O castelo dormiam enquanto Nox andava de um lado para o outro no corredor dos aposentos da princesa, recebendo olhares confusos dos guardas.

Não precisou se passar nem vinte minutos para que concluísse que *talvez* tivesse exagerado, pelo menos um pouco. O irmão não mentira: saber da maldição não teria feito muita diferença, e poderia ter piorado tudo. Afinal, quem garantiria que o mais jovem aceitaria ser o novo feiticeiro juramentado da princesa se soubesse que o irmão tinha sido amaldiçoado ao tentar salvá-la?

O problema de entender que cometera um erro era ter que assumir a culpa e resolver a situação. Normalmente, Nox se daria mais tempo para pensar em como consertar algo que ele mesmo quebrou, mas os ponteiros do relógio não parariam para esperá-lo atingir a humildade.

Parando de forma abrupta em frente ao quarto da princesa, apertou os dedos das mãos, que mantivera atrás das costas durante o vai e vem pelo corredor, suspirou e bateu. Nada. Bateu de novo. Nada.

— A princesa está dormindo — um dos guardas murmurou, sem esconder a irritação.

— A princesa está acordada. — Nox não se virou e insistiu, batendo com mais força.

— Não acha que se estivesse acordada, ela viria para ver quem está esmurrando a porta? — O outro guarda questionou.

— Não acho.

Não quando ela sabe que sou eu, pensou, com irritação, quase recorrendo à magia. Mirou o guarda, expressando no rosto o péssimo humor em que se encontrava. Com força, desceu a mão, mas encontrou apenas o ar, caindo para a frente. Branca de Neve havia aberto a porta e fitava-o, impassível, sem dizer uma palavra.

— Posso entrar?

Intrigada com a postura compassiva, estendeu a mão mostrando o caminho. Então fechou a porta e cruzou os braços.

— Preciso que me leve até o meu irmão. — Não era bem o que tinha planejado dizer, mas compreendeu que não sabia como lidar com a tristeza dela.

A expressão altiva de Branca de Neve não conseguia disfarçar o nariz vermelho e os olhos marcados pelas lágrimas recém-choradas. Ele estava preparado para ser ofendido, ele merecia, mas ver o quanto a tinha machucado, deixava-o na defensiva e, pior, vulnerável. Despindo-se do orgulho, falou:

— Eu não acredito que seja sua culpa o que aconteceu com Lince. Foi impactante revê-lo, perdi o controle das emoções e fiz o que faço quando não quero que percebam como estou me sentindo: ataquei para me defender. Por isso, peço desculpa.

Branca de Neve continuava ereta e imperturbável como uma rainha. Princesa não seria suficiente para descrevê-la. Mas Nox repetiu o pedido de desculpa, com o máximo de humildade que encontrou dentro de si, e os olhos da princesa brilharam quando correu para a janela.

— Que estranho. — Ela levou as mãos ao peito. — O que acontece quando um raro evento como um pedido de desculpa do todo-poderoso Nox se manifesta? O céu cairá? Devo pedir aos guardas que toquem os sinos?

Ele sorriu, sentindo o alívio percorrer cada célula de seu corpo. Era fácil entender por que todos veneravam Branca de Neve e seu coração bondoso. Era nítido que ela o perdoara e, ainda mais, que o compreendia.

— Chega de gracinha. — Ele acompanhou seu tom. — Eu não sou uma princesa mimada de dezessete anos. Sou muito humilde, sei reconhecer meus erros e posso mudar de opinião.

— Em primeiro lugar, farei dezoito amanhã. Em segundo lugar, Nox e humildade estão em direções opostas. Em terceiro lugar, você deve desculpas a seu irmão também.

— Primeiro — ele a imitou, erguendo um dedo —, dezoito ainda é criança. Tenho vinte vezes mais que isso.

— E a maturidade de um cogumelo selvagem!

— Segundo, que calúnia! Terceiro, eu não devo nada a ninguém.

— Idiota.

— Teimosa.

— Orgulhoso.

— Acabei de mostrar a você que não sou orgulhoso.

— Não, você acabou de deixar seu orgulho de lado em um raro momento.

Nox ergueu a palma das mãos para o alto como se pedisse paciência a Eris. Apesar da distância física que ainda mantinham, o clima estava leve entre eles outra vez. Aproveitou para dar prosseguimento ao que precisava fazer:

— Preciso que me leve ao meu irmão.

— O grande feiticeiro precisa de mim? — Ela fez um gesto exagerado.

— Infelizmente. — Ele fingiu cansaço.

— Humm...

— Facilita, princesa.

— Qual a palavra mágica?

— Nossa magia vem de intenção, não de palavras.

— Pois a magia que levará você através daquele espelho usa palavras.

— Que petulância... — Ele a observou sorrir e encarar as próprias unhas, como se não se importasse com sua presença nem com o seu pedido. — Muito bem. Por favor.

— O quê?

— Por favor, leve-me até meu irmão.

— Branca de Neve acha que lhe devo desculpa. — Nox começou assim que atravessaram o espelho. Lince estava sentado na poltrona com um livro no colo.

— Discordo, mas se eu não fizer isso, ela não me deixará em paz, e não temos tempo a perder. Perdoe-me por ser tão incompreensivo, rancoroso e teimoso.

— Desculpas aceitas. — Lince analisou o irmão, tentando ler as entrelinhas de seu comportamento. Era evidente que Branca de Neve tinha alguma influência sobre Nox. O fato era curioso, afinal, sua relação com os humanos acontecia de uma forma bastante diplomática e distante. — Também peço desculpas por...

— Ter me feito chorar por sua morte e odiar ainda mais esse laço que nos prende aos humanos?

— Isso.

— Esse segredo merecia pelo menos uns vinte anos de distanciamento, mas os ponteiros do relógio não param, e logo a princesinha aqui estará em sérios apuros.

— Desculpas aceitas. — Lince repetiu. — Eu sabia que você veria que eu estava certo.

— Se levar em conta meu ponto de vista, quem estava certo era eu.

— Se eu levasse em conta o seu ponto de vista, o caos teria nos consumido.

— Você menospreza o poder do caos. Há situações em que justamente o caos é o que coloca tudo no seu devido lugar.

Lince refletiu sobre a ironia das palavras do irmão que, sem saber, estava mesmo certo. Seria difícil aguentar a vaidade de Nox quando ele descobrisse, mas não havia mais tempo a perder.

— Bem, falando nisso... — Lince fez uma pausa e trocou um olhar com Branca de Neve. — Chegou a hora de você saber sobre o plano.

※

Ao voltar para o quarto de Branca de Neve, depois da conversa com Lince, Nox estava perturbado. Não havia dúvida de que era um bom plano. Um plano insano e caótico com algumas brechas para dar errado, mas ainda assim um bom plano. "O único possível", dissera Lince, chateado, e Nox concordara.

Electra nunca imaginaria que feiticeiros se sujeitariam a fazer algo tão arriscado, pois feiticeiros da Ordem de Merlin gostavam de saber todos os passos, gostavam de organização, segurança e, mais do que tudo, não colocar os Pendragon em risco.

O plano era o contrário disso. E, por essa razão, os descendentes de Merlin seriam perfeitos para executá-lo. Porque ao mesmo tempo em que Merlin era um excelente criador de regras, ele era o primeiro a quebrá-las.

— Você precisa dormir — Nox disse ao ver Branca de Neve bocejar. — Já está amanhecendo.

— Não quero dormir — ela reclamou, coçando os olhos. — Hoje pode ser meu último dia.

— Não será — ele respondeu, com mais rispidez do que pretendia. Não conseguia nem pensar na possibilidade de perdê-la. — Não será — repetiu, brando.

— Você não tem certeza. — Ela virou a cabeça. Não havia medo em suas palavras, mas a sombra da tristeza surgia.

— Ei. — Nox tomou a mão dela, o que a fez encará-lo, e ele viu seus olhos marejados. — Nós vamos protegê-la.

— Eu sei. Vocês me protegerão, mesmo que morram tentando. É o que diz a aliança.

— Você sabe que isso não é verdade. Eu fui um idiota.

— Pode repetir? — Ela abriu um sorriso inocente.

— Não abusa, princesa.

— Isso é digno de repetição.

— Eu fui um idiota. Eu falo muitas coisas que não devia quando estou com raiva. Sobre os Pendragon, sobre Merlin, sobre Maya, sobre você... Um idiota. — Deu risada. — Está feliz?

Ela assentiu, em silêncio. Apesar da breve descontração, os dois estavam envoltos em um turbilhão de emoções. Branca de Neve sentia a tensão a envolvendo. Eram muitos riscos, incluindo o de sua morte iminente. Valeria a pena, se pudesse salvar o pai. Ela arriscaria por ele.

Nos últimos dias, implicara com Nox querendo ser reconhecida como adulta, mas, se tivesse escolha, queria ser apenas a jovem prestes a completar dezoito anos, que tivera o coração conquistado por alguém a quem jurara antagonizar. Não sabia exatamente em que momento deixou de revirar os olhos e passou a segurar seus suspiros por Nox. Era diferente, confuso e proibido. Talvez fosse isso, desde pequena, ela não podia ouvir um "não faça isso", que tratava de ir correndo fazer. Não, não adiantava tentar se enganar. A verdade era que a princesa se apaixonou por Nox na mesma velocidade com que perdeu a paciência quando se conheceram.

Nox chegara ao castelo decidido a não gostar de Branca de Neve. Se fosse sincero, havia séculos que desgostava de qualquer um com o sobrenome Pendragon, e esse sentimento seguiria intacto se não fosse por Branca de Neve Pendragon. O dever levara Nox até ela, mas havia sido a princesa quem o tinha feito entender que, mesmo se estivesse livre para ir, escolheria ficar e protegê--la, ou melhor, ficar e lutar ao seu lado.

Ela estava muito longe de ser alguém que precisava ser protegida de todo o mal. Branca de Neve decidira enfrentar Electra, apesar do medo. Essa impetuosidade que ela fazia questão de demonstrar e a pureza em aceitar que nenhuma vida valia mais do que outra fizeram com que Nox abandonasse a postura petulante e se permitisse se encantar. A aliança o endurecia, o irritava na maior parte do tempo, mas ela, um dos frutos daquela união, o encantava. A princesa enfrentava seu rancor, seu mau humor e seu desdém com tanta facilidade e discernimento que o conquistou sem que ele percebesse.

As primeiras luzes do amanhecer começavam a tingir o céu de tons suaves, prenunciando um novo e decisivo dia. Nox não conseguia mais esconder o brilho no olhar ao admirar Branca de Neve. Segurando suavemente as mãos da princesa, como se quisesse memorizar cada detalhe, ele a observou romper a distância que havia entre eles. Ela olhava para ele com uma mistura de admiração, desafio e ternura.

À medida que o sol se preparava para nascer, eles se aproximaram um do outro lentamente, como se o tempo tivesse desacelerado e se esticado para ser aproveitado ao máximo.

O toque de seus lábios foi como um vislumbre de esperança em meio às sombras que pairavam sobre eles. Foi um beijo suave e sincero, um passo arriscado e incerto, mas cheio de emoção e significado. Nox lutaria por ela, com ela, para ela. Seu coração não conseguiria seguir por outro caminho. Aquele era um primeiro beijo, que poderia ser o último, mas, se assim fosse, não partilhariam menos do que pura entrega. Não era apenas um gesto de amor recém-descoberto, era uma promessa de coragem para enfrentar o que viria pela frente.

Quando se afastaram, Nox a fitou e foi sincero ao dizer:

— Eu não a protegerei pela aliança, Branca de Neve. Eu a protegerei porque você roubou o meu coração. Eu deveria denunciá-la. Princesas devem ser boazinhas e não sair roubando por aí. Se isso é resultado da criação e treinamento de Dandara e Kaelenar, terei que denunciá-los ao rei. — Ele arrancou uma risada dela e sentiu-se ainda mais feliz.

— Não tenho vocação para ser uma princesa boazinha e obediente. — Ela o fitou, encontrando em sua face a confirmação de cada palavra e gesto. — Quando eu for rainha, darei um fim à aliança. Se vocês quiserem ficar, faremos uma nova, sem nenhuma obrigatoriedade, sem nenhuma regra em que a vida de vocês valha menos do que a nossa. Não é certo que vocês morram por nós.

Nox puxou-a outra vez, apertando-a em um abraço protetor sem confessar que, se isso garantisse a salvação de Branca de Neve, com ou sem aliança, ele morreria por ela.

CAPÍTULO 43

A MANHÃ DO ANIVERSÁRIO DA PRINCESA TROUXE AINDA MAIS NEVE. Adrian observava os flocos caindo com uma tranquilidade que ele não conseguia mais sentir. Maya seguia adormecida, parecendo estar sob um encantamento que ninguém conseguia quebrar.

Devido à forma surpreendente como Branca de Neve acordou, todos esperavam que pudesse acontecer o mesmo com a feiticeira. Adrian deu a volta no tapete sobre o qual o lobo estava deitado e sentou-se na cama, segurando a mão da amada entre as suas.

— É uma pena que não possamos nos despedir, meu amor, mas talvez seja melhor assim. Todos estão de acordo: não entregaremos Branca de Neve. Eu sei que Electra não desistirá facilmente, mas a minha morte quebrará a maldição, e ela não terá mais poderes sobre a minha filha. — O príncipe beijou a testa da feiticeira. — Quem me dera poder acordá-la com um beijo... Espero que acorde, viva e seja feliz. Amo você, Maya.

❦

Ao deixar seus aposentos, Adrian encontrou o castelo em polvorosa. Tinham avistado a ordem de Electra acampada nas redondezas. Ela enviara uma mensagem dizendo que iria pessoalmente buscar Branca de Neve e lembrando que Adrian seria o primeiro a morrer se o contrato da maldição não fosse cumprido e que ela não desistiria nem assim. Avistaram, também, Malakai com a comitiva da bruxa, despertando um bombardeio de perguntas dos feiticeiros, que Adrian evitou com prazer. Como explicaria a eles que o bruxo estava onde tinha de estar?

Ignorando-os, Adrian foi aos aposentos do pai. Queria encontrá-lo antes dos feiticeiros. Aquele seria um dia extenuante e não queria ter surpresas desagradáveis. O rei tomava seu desjejum, ou pelo menos se esforçava para tal, quando o filho entrou em seus aposentos e esperou que os criados saíssem.

— Acredito que você tenha sido informado por Dandara: não permitirei que entregue Branca de Neve e lidarei com as consequências. Imagino que não vá me impedir, mas estou aqui para garantir isso. Como você costuma dizer: nós fazemos o que temos que fazer.

Mirthan colocou de lado o pão intacto que segurava e analisou o filho antes de dizer:

— De fato, não pretendo impedi-lo.

Adrian engoliu em seco e evitou o olhar do pai. Sacrificar-se pela filha era o que pretendia fazer e não queria que o impedissem, mas havia uma parte sua que ainda se ressentia pelo pai ter aberto mão de uma relação com ele e deixado que ele fosse embora com a mãe.

— Ótimo. — Foi o que conseguiu dizer.

— Isso não quer dizer que sua morte não significa nada para mim. — A voz do rei soou rouca, como se contivesse a emoção. — Eu errei no passado. Você não devia ter sido punido pelos erros de sua mãe. Eu me arrependo por não termos convivido e não termos criado os laços que temos com Branca de Neve. Laços que eu mesmo pude criar com ela.

— Entendo — Adrian disse.

Ele não sabia o que o pai esperava com essa conversa. Havia pouco mais de uma semana, ele o chamara para lhe passar um sermão sobre o quanto ele estava sendo inconsequente ao se permitir viver com Maya outra vez.

— Eu realmente sinto muito.

Os dois se encararam por longos segundos enquanto refletiam sobre como o passado poderia ter sido diferente.

— Eu também. — Adrian caminhou até a porta.

— Elas ficarão bem. Maya acordará, quando for seguro.

O príncipe não se virou ao confirmar sua suspeita e apertou a maçaneta da porta, como se isso pudesse conter sua indignação.

— Você não tinha o direito.

— Nós fazemos o que temos que fazer. — O rei se levantou da cadeira e deu as costas para o filho. — É uma pena que você tenha aprendido essa lição tarde demais.

***

Branca de Neve saiu chorando do escritório do pai. Por mais que soubesse que ainda havia uma chance de salvá-lo, a despedida lhe rasgou o peito. Nox estava parada, de braços cruzados, e se aproximou para acolhê-la assim que a viu, transportando-a para o quarto.

— Se falharmos, essa terá sido minha última conversa com meu pai. — Fungou junto ao peito da feiticeira.

— Não falharemos. — Ela beijou os cabelos da princesa, depois assumiu uma postura mais incisiva. — Darei a você cinco minutos para chorar. Temos muito trabalho a fazer e não vou dar conta de lamúrias de princesinha hoje.

— Como você pode ser tão insensível? — Branca de Neve a empurrou, afastando-se, irritada.

— Insensível, talvez. — Nox ergueu uma sobrancelha. — Excelente no trabalho, com certeza. — Ela sorriu para a expressão fechada da outra, que começou a se abrir enquanto entendia.

— Idiota — murmurou, mais calma. — Estava tentando me distrair.

— Na situação em que nos encontramos, é melhor focar na raiva do que na tristeza. — Nox se aproximou de Branca de Neve e a puxou para si. — A raiva é uma energia mais fácil de canalizar no que se refere à magia. — Ela umedeceu os lábios sem conseguir tirar os olhos da princesa. — Por Eris, quero beijar você outra vez.

— O que está esperando? — Ela ergueu o queixo.

— Não sei. — A feiticeira pareceu hesitar por um instante. — Posso mudar de forma, se preferir a outra...

— Não! — Branca de Neve se apressou em dizer e beijou-a em um impulso para demonstrar que pouco importava sua forma. Ela queria Nox em todas.

O beijo foi como a colisão de duas estrelas cadentes. Os lábios da feiticeira eram como o elixir da vida, despertando cada centímetro da pele da princesa com uma energia vibrante e apaixonada. Cada toque despertava uma emoção mais profunda.

A alma das duas se entrelaçou em uma dança cósmica, enquanto a boca explorava os segredos mais profundos uma da outra. Cada beijo era uma promessa, uma declaração de amor que ecoava além das palavras.

Quando finalmente se separaram, os olhos faiscavam.

— Vamos sair daqui. — Nox ofegava. — É melhor seguirmos com o plano. Se ficar me distraindo assim, eu me perderei no tempo, seu pai morrerá e você passará a vida me infernizando. — Ela usou o humor ácido que fazia com que a princesa desejasse confrontá-la.

— Você adora me provocar, não é?

— Se precisa perguntar, significa que não estou sendo clara o suficiente. Preciso melhorar. — Ela lhe roubou um beijo rápido e acrescentou: — É hora de acordar a bela adormecida.

— Espero que eu esteja pronta.

— Você nasceu pronta, princesa.

※

Era fim de tarde, e o prazo para a entrega de Branca de Neve se encerraria à meia-noite, apesar de Electra já ter se estabelecido a trezentos metros do castelo com sua comitiva. Pouco mais de trinta bruxos estavam à vista, mas não dava para prever quantos se escondiam na floresta.

Adrian resolvia os últimos detalhes com Kaelenar na muralha, antes de voltar para a companhia da filha e de Maya. Evitou ser consumido pela tristeza. Havia dezoito anos que tomara a decisão de se sacrificar pela filha e, ao que parecia, esse era o único caminho. Pelo menos nisso o pai estava certo; ele faria o que tinha de fazer.

Gritos soaram, dando início a uma comoção na muralha. Soldados correram para se colocar em posição, pegando arcos, lanças e espadas. Adrian olhou para Kaelenar mas não precisou perguntar o que estava acontecendo. O feiticeiro desapareceu no ar ao mesmo tempo em que dizia "Por Eris" .

A fênix lilás cortou os céus e pousou em frente a Electra. Maya e Branca de Neve emergiram da névoa lilás que envolvia o pássaro. A transformação não fazia sentido. No mesmo instante os arqueiros miraram nas costas da feiticeira, e os soldados esperavam a ponte levadiça baixar para partir para o confronto.

— Atenção! — Adrian gritou, assumindo o comando e não deixando que o pânico o tomasse. — Cerquem a ordem de Electra, mas ninguém faça nada sem que eu dê o sinal. — Alguns demonstraram confusão, e o príncipe foi ainda mais direto, ele precisava confiar que Maya sabia o que estava fazendo: — Maya não deve ser ferida. — Olhou mais uma vez e sentiu o coração apertado pela filha estar tão perto do perigo, mas prosseguiu, antes de descer da muralha para montar seu cavalo e ir ao encontro das duas pessoas que mais amava na vida: — Deem cobertura a Maya e aguardem o meu sinal.

CAPÍTULO 44

— Ora, ora, quem diria? Você realmente trouxe a menina. — Electra abriu um sorriso largo quando Maya parou a dez metros dela. — As tolices que fazem por amor.

Um escudo de proteção foi erguido em volta da feiticeira e da princesa quando os feiticeiros começaram a pipocar um a um, formando uma meia-lua em volta delas.

— Você deixou Branca de Neve sozinha? — Dandara perguntou a Nox, que se fez de desentendida.

— Eu tinha outras coisas para fazer além de vigiar a princesa.

— Algo mais importante que Branca de Neve?

— Algo tão importante quanto.

As mãos de Dandara brilhavam, prestes a atacar. Como Nox podia parecer tão tranquila? Não era possível que ela fosse também uma traidora.

— Maya, o que está fazendo? — Merlina inquiriu, soltando um raio que atingiu o escudo. — Baixe o escudo para que possamos levar a princesa de volta para o castelo.

Ignorando-a, Maya se dirigiu a Electra:

— Quero que repita seu próprio acordo: se eu entregar Branca de Neve, Adrian não sofrerá nenhum dano e a maldição de Lince será quebrada.

A menção a Lince deixou os feiticeiros momentaneamente confusos. Adrian e os guardas chegaram ao local, acompanhando o rei, que olhava aflito para a neta.

— Maya — Mirthan tentou chamá-la —, acabou. Adrian decidiu se sacrificar por Branca de Neve. — A princesa encarou o pai, assustada. — É doloroso e não é o fim que queríamos, mas, por favor, não entregue minha neta. Lembre-se do que você me disse uma vez: o amor não pode interferir no dever ao reino. De todos aqui, você sabe que entendo a dor que está sentindo.

A feiticeira encarou o rei e lágrimas encheram seus olhos. Ela afastou a dor e pediu que Electra repetisse o acordo outra vez.

— Se você entregar Branca de Neve, Adrian não sofrerá nenhum dano e a maldição de Lince será quebrada — Electra confirmou, cortando a própria mão e derramando seu sangue na neve para firmar o acordo entre as duas.

Quase sem forças, Maya percorreu com Branca de Neve os poucos passos que as separavam da bruxa, enquanto os feiticeiros imploravam para que não o fizesse. Ela murmurou algo no ouvido da garota e o escudo foi baixado.

Quando os feiticeiros estavam prestes a tirar Branca de Neve dali, Nox ergueu outro escudo, mantendo-a separada com a bruxa, a feiticeira e a princesa.

Por um instante, a tensão cobriu a floresta como um manto. Mas o choque não durou muito, e o caos estourou do outro lado da bolha, quando soldados e feiticeiros partiram para cima dos bruxos.

— O que está havendo? — Electra gritou, furiosa.

— Não finja que se importa com a sua ordem. Os feiticeiros não me deixariam entregá-la, e você sabe disso. Você ouviu o rei: Adrian estava pronto para se sacrificar — Maya argumentou.

— Por que essa aqui está ajudando você? — A bruxa apontou na direção de Nox.

— Porque Lince é meu irmão. Se não fosse por isso, já tinha arrancado a sua cabeça e a da Maya. — Nox cuspiu as palavras.

— E por que a princesa não parece estar com medo?

— Não há medo quando se faz o que é certo — Branca de Neve respondeu, altiva. Não era que não sentisse medo, mas jamais deixaria que a bruxa soubesse disso. — Meu pai não se sacrificará por mim.

— Como eu disse — Electra sorriu, sua aparência envelhecendo mais a cada segundo —, as tolices que fazem por amor. Sendo assim, entregue-me a menina, e todo mundo ficará feliz. — Ela observou a batalha fora do escudo. — Quase todo mundo.

Com um último fio de energia, Maya entregou a princesa, selando o acordo de sobrevivência de Adrian e a liberdade de Lince. Ela desabou no chão, como uma marionete cujos fios tinham sido cortados, desacordada, com sangue escorrendo pelo ouvido.

— Tola. Morrer por amor? Não é possível essa coisa ter saído de mim. — A bruxa disse, enojada, enquanto pegava o braço da princesa. Ela sentiu um tremular, uma vibração que parecia vir das profundezas da garota. Mas não era possível. — Espere. O que é isso que estou sentindo em você? Magia? Eu sabia que havia algo, mas nada assim tão poderoso. — Com um impulso, Branca de Neve se afastou de Electra e baixou a capa. — O que acha que fará? Seu coração é meu com ou sem magia. Para escapar da maldição, você teria que me matar e matar o coautor dela. Sabe disso, não sabe, criança?

Branca de Neve olhou para Maya, inconsciente, com Nox ajoelhada a seu lado, e não conseguiu evitar que as lágrimas escorressem. A feiticeira sacrificara tudo por ela. Um plano arquitetado havia dezoito anos, que quase fora destruído pela maçã enfeitiçada que Mirthan havia colocado na cesta de piquenique para Maya.

Por pouco, Maya conseguira completar o feitiço que levara as duas a um sono profundo no qual puderam se encontrar como se estivessem sonhando, onde a princesa pôde saber, pela primeira vez, toda a história. Ela vira pelos olhos de Maya o que Sarah, sua própria mãe, fizera. Ela tinha visto o quanto a feiticeira estava disposta a sacrificar para protegê-la e ao pai. Ela escutara, discutira e argumentara sobre esse plano que não salvaria a todos, e que custou tudo a Maya.

O tempo se passava diferente no lugar mágico para onde a feiticeira levara a princesa. Algumas horas, para quem as observava, se tornaram meses dentro do universo que ambas compartilharam. Maya abdicara dos poucos dias que lhe restavam com Adrian para passar seis meses escondida na ilha submersa de Avalon com a princesa, ensinando-lhe tudo o que precisava saber sobre magia e como usá-la. A única maneira segura de entregar Branca de Neve a Electra, ainda que por poucos segundos, era se ela tivesse magia dentro de si. Do contrário, a bruxa arrancaria seu coração em um piscar de olhos.

Enquanto Sarah e Electra não se importavam com nada além da satisfação do próprio desejo, Maya deu à garota muito mais do que poderes. Nos meses que passaram juntas, a feiticeira mostrou à princesa o real significado do amor de mãe, e como isso não precisava ter a ver com sangue. E, agora, ela se fora.

Com magia e imortalidade, pulsando em seus olhos, Branca de Neve se virou para Electra outra vez.

— Você tem razão, eu não conseguiria acabar com uma vida, mesmo uma horrenda como a sua. — Ela tirou um pequeno objeto brilhante da capa de inverno, um que intrigou a bruxa. — Mas eu posso paralisar você para que alguém o faça.

Como um raio, Lince explodiu para fora do espelho e cravou um punhal no coração de Electra.

CAPÍTULO 45

O GRITO ESTRIDENTE DA BRUXA IRROMPEU PELO ESCUDO E ATINGIU o campo de batalha antes que ela implodisse numa pilha de cinzas incandescente. Os poucos bruxos restantes de sua Ordem se renderam.

Ao sentir que era seguro, Nox baixou o escudo. Lince pisou nas cinzas da bruxa, apagando-as por completo, deu um sorriso triste para a princesa e se apressou na direção de Maya, tirando os cabelos de seu rosto pálido.

Os outros feiticeiros se aproximaram, compreendendo a situação conforme analisavam os detalhes. O rei levou a mão ao rosto sem acreditar no que via, e disse aos soldados para se retirarem com os prisioneiros, deixando no local apenas sua guarda pessoal.

Malakai, que lutara ombro a ombro com seu amigo, balançou a cabeça. Adrian, do ângulo em que estava, após transpassar um bruxo com sua espada, conseguiu ver que Branca de Neve estava em segurança, mas as lágrimas no rosto da filha o levaram a olhar para o chão, onde o corpo de Maya estava estendido.

— Não, não, não, por favor — ele disse ao disparar em sua direção e puxar seu corpo gelado e molhado pela neve para o colo. Então beijou seu rosto, marcando-o com seu pranto. — Dandara, ajude-a, por favor.

A feiticeira deu um passo à frente. Havia apenas um fio de vida em Maya, mas o príncipe precisava que eles tentassem o impossível.

— Não. — A voz de Mirthan cortou o ar. — Nenhum feiticeiro toque em Maya.

— O que pensa que está fazendo? — O príncipe se enfureceu.

— Pela aliança, vocês devem obedecer a mim, e ninguém a salvará. — Ele ignorou o filho.

— Mirthan — Merlina disse, em choque —, mal temos chance de salvá-la. Não pode nos impedir de tentar.

— Sim, eu posso. — Ele estava decidido.

— Por quê? — Adrian ergueu-se, prestes a agarrar o pai pela capa e sendo impedido pela guarda pessoal, que encostou a espada no peito do príncipe.

— Era só o que me faltava. — Nox não esperou nem um segundo para atacar o rei com magia. O raio de luz voltou para ela com um estouro, fazendo-a cair de costas. O impacto foi tão forte que ela se transmutou. — Mas o quê... — Ele se calou ao ver que era a mãe defendendo o rei, com a expressão em conflito. — Ah, Nox, você é paranoico. Os Pendragon são honrados. Jamais nos usariam para um propósito ruim — imitou-a.

— Por que está fazendo isso? — Adrian insistiu.

— Porque Maya uma vez me disse que eu deveria colocar o reino antes do amor. Ela não me deixou desonrar o compromisso estabelecido por meu pai, e fui obrigado a casar com o monstro da sua mãe, que matou a mulher que eu amava e o meu primogênito. — O ódio contido durante anos transbordava.

— Maya não o obrigou a nada — Dandara se intrometeu, lembrando-se das diversas reuniões que os feiticeiros tiveram sobre o assunto. — Ela lhe disse como o responsável pelo reino deveria proceder, mas nunca o impediu de nada. Diferente disso, se nós não a impedíssemos, ela teria criado um inconveniente político por você. Teria entrado em guerra por você. E, quando ela se apaixonou por Adrian, ela jamais se colocou entre ele e o dever. Afinal, ele se casou com Sarah.

— A questão não é mais essa — o rei continuou: — Eu amei a Maya. Ela esteve comigo desde que eu era um bebê. Como não amá-la? Não era minha intenção que terminasse assim. Eu tentei protegê-la com a maçã enfeitiçada, assim Adrian faria o que ele tinha que fazer. Era para ela estar viva, e, você, morto. Cada vez que olho para você, eu me lembro do que sua mãe fez. Ainda assim, nunca intentei matá-lo e, logo quando a oportunidade caiu no meu colo, Maya escolheu se sacrificar por você. Ela abandonou os deveres com o trono por você. Pois que assim seja. Há certa poesia no fato de Adrian sofrer o mesmo que sua mãe me fez sofrer.

Mirthan não planejara nada do que aconteceu. Ficou desesperado quando soube da maldição que pairava sobre a cabeça da neta, mas quando descobriu que Maya fizera o que fizera para proteger a vida de Adrian, ele se enfureceu. Teve que mandá-la para o exílio, assim o príncipe não a mataria e, quando voltou ao castelo, ela perdoou Adrian e não desistiu de lutar pela vida dele. Aquela mágoa o consumira durante anos, mas ver a destruição de Adrian seria suficiente para apartar a dor em seu peito e lhe dar a vingança necessária.

Com a volta de Maya ao castelo, Mirthan pretendia deixar que ela fosse executada. Quando Merlina encontrou o *mentallus*, era questão de tempo até Adrian e Maya se reconciliarem. Ele não suportaria ver a felicidade que tanto almejou para si nas mãos do filho legítimo que ele considerava um bastardo. Baixando a cabeça, Mirthan se preparava para voltar para o castelo quando ouviu a voz de Branca de Neve:

— Maya não morrerá.

— Você não quer se envolver nisso, minha neta. — Ele a encarou, sem esconder a tristeza. — Deixe o assunto para os adultos.

— Maya não morrerá — repetiu. — Não há nenhuma aliança comigo.

E foi aí que Mirthan compreendeu. Diferente dos outros, não havia assombro nem espanto no rosto de Branca de Neve. Ela conhecia a verdade no avô, e se ela conhecia...

— Executem Maya agora mesmo! — ele ordenou à sua guarda pessoal. — Ninguém...

Sua frase foi cortada pela espada de Malakai que lhe atravessou o peito:

— Vocês o deixariam falar por mais quanto tempo ainda?

CAPÍTULO 46

Electra se enganava quando dizia que o amor deixava quem o sentia fraco. Maya era tão poderosa porque, por amor, Merlin lhe concedeu parte de sua magia e imortalidade. Maya, por sua vez, iniciou seu plano por amor a Adrian e sabia que não precisaria de muito tempo com Branca de Neve para nutrir um amor maternal genuíno. Entretanto, ela foi além do que o pai um dia fizera.

Para impedir que Branca de Neve corresse risco, Maya lhe deu cada gota de energia e imortalidade existentes dentro de si. O processo foi lento. Algo que começou na noite em que encontrara a menina perdida na floresta, na infância. Talvez fosse por isso que, a partir dali, a princesa se arriscava em suas aventuras, deixando os feiticeiros e seu pai enlouquecidos. Em seu coração, começava a se instaurar a magia e a imortalidade da feiticeira. Infelizmente, quanto mais forte ela ficava, mais Maya enfraquecia, até que chegaram ao ponto em que estavam. A feiticeira não estava morta, mas também não estava viva. Era como se estivesse presa entre dois mundos.

Apesar do que acontecera, Adrian permitiu que o rei fosse enterrado com todas as honras, em acordo com sua guarda pessoal, que sequer o defendera no final, por julgar que ele desonrara tudo em que acreditavam. Não seria prudente deixar que todos soubessem do rancor que o corrompeu, e Branca de Neve pôde se despedir do avô. Era doloroso demais para a princesa pensar naquilo pelo que ele se deixara consumir.

Ela se chocou ao vê-lo transpassado pela espada de Malakai. Depois, ouviu o bruxo contar que, na ânsia de descobrir como a rainha Elena encontrara e assassinara seu amor e seu filho, Mirthan acreditou que a família de Malakai fora responsável pela morte de Selina, a feiticeira. Era mentira. A própria Electra causara o incêndio. Vingando-se das pessoas erradas, o rei mandou seus homens de confiança queimarem o vilarejo em que o bruxo morava. Depois, a própria Electra enviou seus homens para matar o Caçador que estava criando o menino. Ela queria um feiticeiro híbrido para se conectar a Adrian, e Malakai era a escolha ideal, mas não contava que eles descobriram a verdade e se afeiçoaria ao príncipe como a um irmão.

※

— Como você está? — Nox perguntou a Branca de Neve ao encontrá-la ao pé da cama de Maya, depois do enterro do avô na manhã seguinte ao fim da maldição.

— Triste.

— É a primeira vez que você vem vê-la?

Ela sabia a que a feiticeira se referia: não voltara ao quarto depois de tentar salvar Maya com magia e não conseguir.

— Eu me sinto culpada.

— Maya não gostaria disso.

Nox abraçou a princesa, que ergueu o rosto e foi beijada. Era incrível como a luz conseguia encontrar um espaço na escuridão quando as duas estavam juntas.

— Eu sei. — Branca de Neve tentou sorrir e pediu: — Poderia me deixar sozinha com ela, por favor?

— Claro, princesa. — Nox acariciou seu rosto antes de ir, fechar a porta e ver Adrian lá fora, com uma aparência desastrosa para alguém que seria coroado rei na manhã seguinte.

Seu primeiro decreto seria o fim da aliança por juramento. Os feiticeiros eram bem-vindos a participar das decisões do reino, mas não seriam obrigados a fazer nada em que não acreditassem.

No quarto, Branca de Neve se deitou ao lado de Maya e pegou a mão dela entre as suas.

— Oi, Maya. Sei que conversamos muito sobre o assunto quando estávamos na ilha de Avalon, mas serei eternamente grata pelo que fez por mim e pelo meu pai. Usarei a imortalidade com que você me presenteou para buscar um jeito de acordá-la. É uma promessa. — Ela se apoiou no ombro e beijou a testa da feiticeira. — Eu amo você.

Afundando a cabeça no ombro de Maya, ela se permitiu chorar até seu corpo chacoalhar de soluçar. Demorou a chegar ao fim do pranto e começar a afundar em um sono tranquilo. Ao sentir dedos carinhosos tocando seu rosto, Branca de Neve abriu os olhos e surpreendeu-se com os olhos de Maya perdidos nos seus.

— Pelo visto, ainda tenho muito a lhe ensinar, minha menina. — Maya sorriu. — O amor é a magia mais forte de todas.

Branca de Neve deu um gritinho de alegria e se jogou nos braços de Maya, chorando outra vez.

Como se adivinhasse que tudo estava bem, Adrian abriu a porta do quarto, seu semblante de exaustão foi tomado por um sorriso largo, e ele disse:

— Meu amor, você anda dormindo demais.

Epílogo

AINDA QUE NUNCA TIVESSE TIDO O DESEJO DE GOVERNAR, ADRIAN era um excelente rei. Ele governava Encantare pensando igualmente em todos que a habitavam. Essa característica fez com que Nox colocasse mais um Pendragon na sua curta lista de dois Pendragon a quem tinha orgulho de proteger.

Maya tornou-se rainha, e os outros reinos do continente não tiveram argumentos para criar uma indisposição, afinal, ela não era mais feiticeira e muito menos imortal. Eles ainda quiseram argumentar sobre ela ser uma bruxa poderosa, mas não havia nenhum tratado que impedisse o rei de Encantare de se casar com uma.

Adrian sabia que em algum momento a imortalidade de Branca de Neve seria questionada, mas não tinha grandes preocupações a respeito disso. Eles haviam enfrentado e vencido a maldição que lhes tirara a paz por anos. Dariam conta das questões políticas quando chegasse a hora.

Os Sete Guardiões estavam reunidos outra vez e optaram por continuar protegendo Encantare. Não havia possibilidade de que eles fossem embora agora que Branca de Neve substituíra Maya na função. A princesa os deixava ainda mais preocupados tendo magia do que quando não tinha, e eles queriam garantir que seu treinamento continuasse impecável.

Nox seguia, na maior parte do tempo, sentindo irritação com tudo e todos na corte, menos no que se referia a Branca de Neve. A princesa tinha seu coração e, em sua opinião, era ela quem realmente mandava em todos eles.

— Você ouviu os rumores de que o rei de Malenda já sabe que sou imortal e quer reunir o conselho do continente? — Branca de Neve perguntou, assim que avistou Nox tentando girar uma espada na mão e falhando miseravelmente.

— Eu enviei um grupo de feiticeiros para checar a informação e fazer uma análise dos possíveis problemas. — Puxou-a pela cintura e beijou-lhe o rosto. — Não se preocupe. Se o conselho do continente não se controlar, eu mesmo o farei.

— Por favor, não arme nenhuma confusão. — Branca de Neve deu o breve aviso e inspirou o perfume de Nox, feliz por encontrar o aconchego de que precisava em seus braços.

— Confusão? — Nox fingiu não entender. — Se alguém se opuser ao nosso amor, não armarei confusão nenhuma. — Apertou a barriga da princesa, fazendo-a gargalhar. — Vou deflagrar uma guerra!

Branca de Neve ria enquanto era beijada e acariciada. Não haveria necessidade de uma guerra para preservar o amor que compartilhavam, mas ela ficava muito satisfeita em saber que, se precisasse, Nox estaria com ela na linha de frente.

A princesa não temia os possíveis problemas e estaria preparada para eles, se a hora chegasse, porque como Maya lhe dissera ao acordar: o amor é a magia mais forte de todas e, em Encantare, o amor transbordava.

Da janela, Adrian – ao lado de Maya – observava a filha rindo, tão feliz.

— Ela teve que crescer tão rápido. Gostaria de poupá-la de mais sofrimento, se puder. — O rei se virou para a mulher amada. — Será que é possível?

— Podemos tentar, mas ela se sairá bem, não importa o que a vida lhe traga. — Maya aconchegou-se no peito de Adrian, ouvindo as batidas de seu coração.

— Você tem razão, meu amor.

Adrian apertou Maya entre os braços e permitiu-se relaxar. A tragédia os acompanhara por muito tempo e eles a venceram. O reino estava bem e eles estavam felizes. Sua história estava longe de ser um conto de fadas convencional: a princesa fizera parte do plano para se salvar e salvar seu pai – o príncipe que se apaixonou pela bruxa e lhe entregara seu coração.